雙魚的靈魂光索與宿命枷鎖

遇見雙魚座的男人

陳銘磻◎著

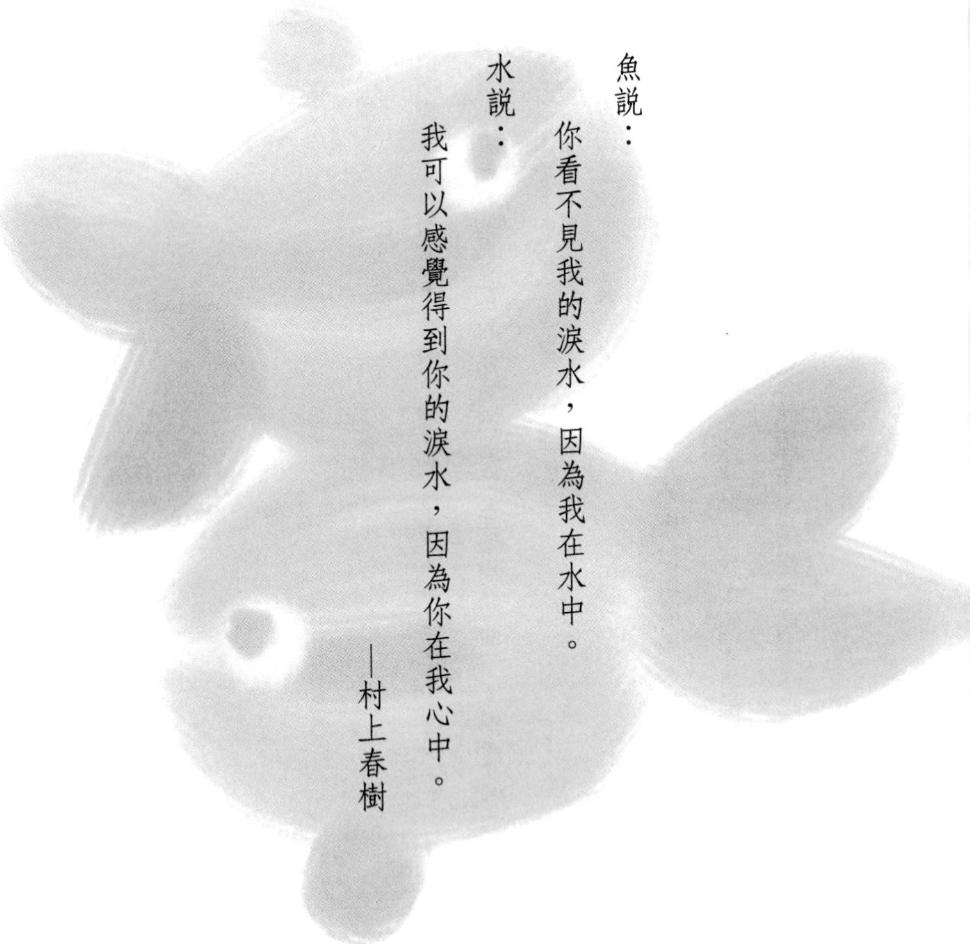

魚説：

你看不見我的淚水，因為我在水中。

水説：

我可以感覺得到你的淚水，因為你在我心中。

——村上春樹

【推薦序】

應是歸夢

愛亞

落雨了。

淅淅嘩嘩，雖是春天的雨，卻聲勢吵擾，一些也不綿柔。

公寓居處雨聲由各家的遮陽棚上齊奏鏗鏘的曲子，雨線直而勁，白銀銀，我坐不住了！更衣、畫眉、點絳唇。

是呀！雨聲誘人，我要出去玩！

可以到烏來！明月咖啡坊的五樓室外座位頂著棚架隔著南勢溪，巧好觀賞雨洗青山翠！或是，路比較近些，車駛陽金公路，看雨裡的緋櫻。

我的小綠微有塵灰，正好天然洗車，雨在車頂嗒嗒嗒嗒嗒嗒……眞是軟耳的美音樂！

我就是這樣，一個人總能夠自得其樂，風大時出去聽風，雨壯時出去觀雨，我是喜愛室外風景的人，大旅遊可以走戈壁玩巴黎，小散步便在家附近逛逛，美景永遠在眼前，日頭月亮都愛，心情即使不佳，外出和大自然握了手便與笑意成就了友誼，快樂得什麼似的！

因此不了解，不了解雙魚座的陳銘磻爲什麼總是沉浸在水漾漾的悲傷浪漫裡？這人間多麼美好，笑呵呵都來不及！

不過和陳銘磻相同的，我也愛尖石。

第一次去尖石是隨大愛電視台公事出巡，四輪傳動的休旅車在山路飛行，從不暈車的我也受不住，因之第一次見到的尖石的山是迴旋著轉動的山，感覺這些山們和別山不同！那也是初初和尖石的泰雅弟兄照面，近距離感受他們純淨而澎湃的熱熱的情意！那熱浸漬在靜謐的青碧色中。綠樹綠草綠山綠水，全都有著無聲的美麗，唯一的聲是蹦跳在空氣裡的脆清清的鳥鳴！一句句的，各種不同韻腳不同高低不同音域的鳥兒歌，迷人哪！

再去尖石是先至內灣，內灣的熱鬧觀光氣息讓習慣在文字中安恬的我們有些詫訝，待一個大轉彎，行進尖石的翠意，我們才心念開朗起來，擁著安全感，悠悠地把自己和悠悠的尖石氛圍結合至一處，享用般去感受尖石的潔美，較之前一次，更篤定地認識、相信了尖石的山，知曉不論面朝著哪一個方向都能夠望見尖石的山，知曉不論面朝著哪一座山都能夠望見尖石的美！

隨陳銘磻去尖石是我赴尖石的第三次。是這一次決定毫不反抗地承認，實在喜歡這一方厚土。是呀！尖石給我豐厚的感覺，走在路徑，行在山裡，我的腳都告訴我尖石泥土的厚實，尤其站立山腰向遠處的部落望眺，泰雅朋友告訴我左方是幾部落，右邊是幾部落，那個飄搖著炊煙的是幾部落，山腰裡聲音都浮浸入沁人的雲氣裡了，讓人不相信只是前一晚還聽見一歌一歌的唱者飛颺著喉嗓用原住民的美聲吟唱美曲子！一個會唱歌的民族，一個幾乎每一人都可以有好聽歌曲吟唱出口唇的民族，我真疑惑，尖石的山景之美是因爲歌聲飛旋纏繞在山谷間的原因麼？歌子曲子像撞擊的分子、粒子，在山與山間樹與樹間厚土與厚土間撞擊，伊們出不了山谷，便永遠撞擊下去，這尖石的山便美麗了！便雄偉了！便毓秀了！是這樣的麼？

陳銘磻何其幸？能常面對尖石的美，能夠沐浴在尖石的櫻花雨下！若能被櫻花雨的繽紛淋個香透，是福呢！到那羅部落應是歸夢而不是放逐，那一尾傻瓜魚究竟是懂抑不懂哩？

我，也將去淋幾趟櫻花雨！

編按：愛亞，作家，寫作二十餘年，出版書籍二十餘本，計：《喜歡》《曾經》《愛亞極短篇Ⅱ》《脫走女子》《給年輕的你》《有時星星亮》《想念》《秋涼出走》《暖調子》《湖口相片簿》等。

【自序】

我的雙魚在夢幻中悄然溜走

三月春日，那羅粉紅櫻花雨落夢，我在櫻樹餘蔭下，沐浴一身花雨，翩然紛紜飛入詩。是誰？誰在詩裡玩味雙魚的靈魂遊戲呀？

不論星象學上註解雙魚座的宿命枷鎖與浪漫光索，如何牽繫自我矛盾中存活的千層苦難，我仍慶幸雙魚誕生在櫻花盛開的春天，這個傳說屬於死亡星座的三月雙魚，苦其一生靈魂，寧漂流在眷戀櫻落象徵的短暫青春，所呈露的美麗剎那過活；我由衷喜歡這美麗剎那帶來的生命光澤，也許那光澤短暫到使我經常把不合理的夢幻，和不合情的現實混淆，可是我強烈的情緒變化，卻無獨有偶地如天使般將幻想眞實化。

人生多變，人性多舛，我的天命向來渴望得到更多美麗且溫柔的果實，以期調和多變厄的生涯際遇；宿命云云，我選擇浪漫情懷做爲這一生一世，忝無二致的存在理由，我清楚細膩的思慮與熱戀般的愛意，將引發雙魚無可限量的靈感動力，也即是說，我將耗掉一輩子時間與精神，因爲不停地尋索浪漫夢境而辛苦備嚐；千萬別誤解這浪漫情懷即是對愛情的花心慾望，靈魂愛戀或精神戀愛是雙魚浪漫情愫裡最高尚聖潔的熱情，一如明亮的月華懸於樹影幢幢的變形夜晚，幽靜而深邃，偏巧我喜歡這種熱度能夠產生可觀的創作原生質。

相對於這種澎湃的浪漫思維，雙魚易於憂傷的靈魂，則是質變中最爲慘烈的美麗狀態，緣於對生命善思動心與動情，這份憂傷便潛藏默化爲獨特的頹廢本能，我游移在頹廢靈魂的美感世界，享受美學帶來苦澀的自我。

苦澀雖美，這些年來，翹首盼望能在旅行的日子，耽溺簡明成爲生活唯一的最愛，生性多情，卻在旅行中多了些對生命敏銳的憂思，新竹縣尖石鄉那羅部落即便是我憂思國度裡，最能讓我發想創作的靈魂寓所，我因爲想從簡明之中得些快活，也好鬆綁被枷鎖了不知幾世紀的心靈困頓，終究發現，一旦蓄意解除這些靈魂枷鎖，我的心必將成爲無所依歸的遊魂，四處飄零，終至蕩然無存；我在極度飄忽游移的生命旅行終站，選擇回到青春最初起站的那羅部落，一方面潛沉，一方面得以還原我企求寧靜的本質，僅只想在其中找些花草自然，無意識過活。

雙魚的特質，你說我可能做到無意識過活嗎？浪漫光索使我極力掙脫靈魂枷鎖形成的不快樂，我當然明白自己根本沒有能力，甚至不想有能力去改變未知未明的許多意識，但從山林部落尋得一點清明快樂，以爲彌補憂傷靈魂給予的束縛，便是我要的簡明安然。

這本取名叫《遇見雙魚座的男人》的書，以我生命的故鄉那羅部落爲起點，書寫這些年來，我這雙魚性格所遭受的橫逆挫折，以及追索靈魂愛戀過程的種種創傷，無不顯露雙魚苦戀的多面性情，因爲情牽，因爲良善，因爲夢想，因爲感傷，因爲尚有一顆樂觀的心，所以，縱令創傷累累，我依舊急欲從山林部落找回雙魚最深情的尊嚴。

那羅部落綠林深似海，我遊走其間，彷彿游移浩瀚海域，一樣得其浪漫天性，微微生致，好不愜意。

三月春日，那羅粉紅櫻花雨落夢，我在櫻樹餘蔭下，沐浴一身花雨，翩然紛紜飛入詩。

是誰？誰在詩裡玩味雙魚的靈魂遊戲呀？

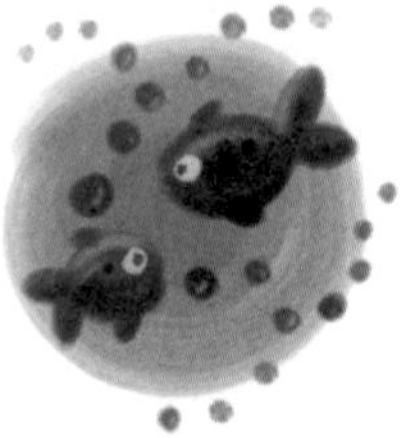

目錄

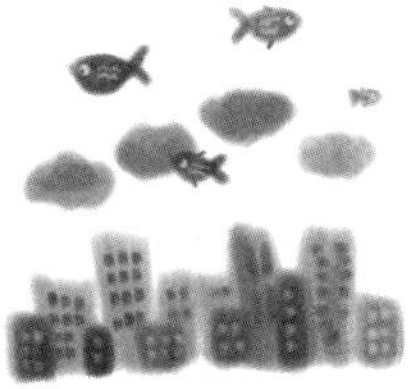

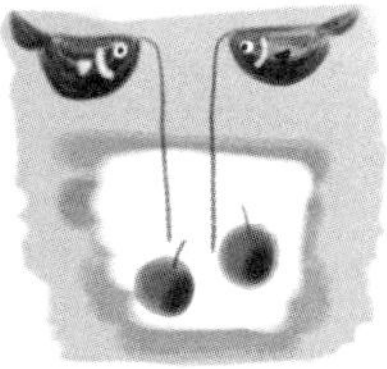

因爲夢的緣故

在虛無中過活，
糾結夢與幻影成心靈最愛。

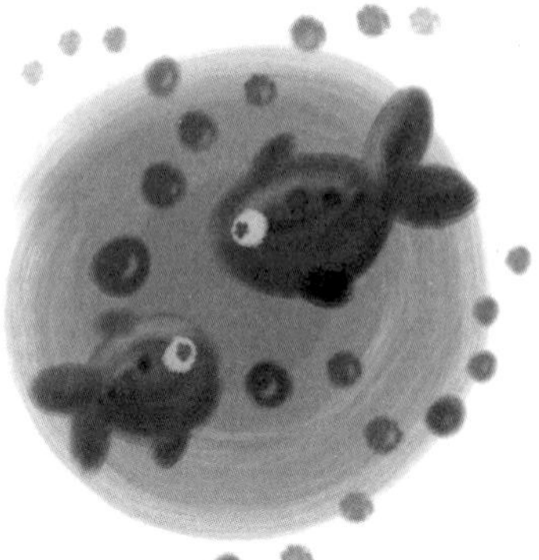

因為夢的緣故

雙魚啟示錄：在虛無中過活，糾結夢與幻影成心靈最愛。

我的一生都依存在夢想裡，今生最大的夢想即是實現所有的夢想。

因爲夢的緣故，我活著。

誰說織夢是十六、七歲少男少女獨享的專利？是誰用「不成熟」、「幼稚」這等無知的字眼，嘲弄成年人別再作夢，別再日思夜夢編織不著邊際的許多青春夢？

夢在成長期的青春幻境中，是美麗多姿的象徵，就像熱中天眞、無邪與浪漫，使純粹的眞誠存在於生命的絢爛初始，有這麼一段年輕歲月，不論貧富差異，夢及夢想，成就人活著的意念；突然，長大之後，爲了生活、爲了活著時許多殘虐的現實，青春期的夢想被逼迫成爲一種假造的不忍記憶，彷佛說夢談夢想都是不切實際的空洞欲求，說得露骨，只因爲成年人的世界被加深的物化意慾掌控，關於過往那些天眞、無邪與浪漫，全都被歸類爲幼稚的心理與行爲。於是，成年後的世界，沒有夢想，不允許有夢想，只因夢想不能當飯吃，不能當水喝。

成長後的人生被要求面對嚴酷現實，藉著生存這個冠冕堂皇的理由，所有年少時天眞、純良的心念都連帶被擲棄與割裂。

這是怎樣的世界？我內心深藏著不想長大的強烈意念，就像渴望夏天不要過去，因爲唯其夏日明晰的陽光，才有機會讓我清楚看到自己的影子，一種叫明燦的身影；除此之外，所有年少時才獨有的淳厚青春，以及青春不僞善的愛戀，都不可能轉身回頭。

一想到人長大後，所有記憶的匣子裡，原先裝塡的七彩夢境，忽然間幻空無物，取而代之的竟都是些重量與質量均等的物化衆相，一種由晦暗不明的靈魂所構結出來的意慾，這無疑是生命最大的陰謀，毫無疑問的善變本質。

歲月強行拉著我長大，這種不得不長大的莫奈，似乎隨著不情願也得情願的肉身擴張，所發展出來的生活事務，益發猛烈成爲我靈魂不快樂的多面，工作、事業、愛情、婚姻、生育、養家、賺錢、人際關係，最後死亡；這些人生轉折或起伏的過程，對我來說不啻爲不完美的挫傷象徵，那麼，若你問我，甚麼才是我心中所設定的完美呢？坦白說，我一樣茫然無解，我在自我造設的美的夢境中，始終拿模糊塑形無缺幻影，我會忽然厭惡起自己這種模稜兩可的意識，並極其笨拙的顯露無感狀態，最後只得癡情癡意地讓記憶停留在年少時最得意的那個段落裡。

我喜歡記憶裡都是些純淨畫質，找不出絲毫醜的或醜陋的缺失，我明白不美好將會加速我的不快樂沉淪爲頹喪，這個世界不全如想像般完好無憾，爲了去除這些醜陋，織夢或編夢便理所當然成爲記憶的替代行爲，唯其如此，我才能在安全的夢想防護罩裡，安然存活久一些。

你說這是假相也好，說是自我欺瞞也罷，不如此，我又如何面對那些不完美的現實呢？

這些日子以來，心裡面都想著歸回田園，田園最美，而我心中的田園故鄉遠在那羅部落，那是一個環繞著美麗大自然的夢部落，晨起鳥鳴，晚來濃霧，看不完山水染抹的清雅幽靜，數不盡日落月昇的燦明悠然，那是我年輕時美麗的生命夢鄉。

那羅夢部落一直是我心中的夢，一個永恆的愛戀大地，一個曾經圓我年輕清夢的山河，一個我晚年甘心回返的泰雅族故鄉。

織夢、逐夢是我一生的夢想，我從人的身上、大自然的形體上，找尋無數理想，於是，無限想像成爲我生命中，最難以令其他人類忍受的虛無；我愛形而上的美，也許這些美不著邊際，也許這些美好漫無形體，我卻喜歡它的微妙生動。

我始終愛這虛無的一切，虛無裡面，沒有醜惡、沒有批判、沒有無缺，匯集虛無的是浩瀚力量形成的幻象仙境，那裡不會有粗暴的語言、粗糙的舉止、粗俗的現實，以及不會被理智過度操縱和無情人際一再侵蝕的心靈夢土。

這個夢境，就存在於眞實的那羅部落。

我有許多夢想，因爲夢的緣故，不斷憧憬年少時的天眞與誠摯；因爲夢的緣故，所以喜歡將存留心中對生命完整定義的最美好一面，不斷取出玩味。

因爲夢想，所以生命燦然。

因爲有夢，遙遠的那羅部落才可能成爲人間眞實的夢境，讓我隨興進入。

放逐

在夢幻與混沌中掙扎，
不掙脫也無能掙脫。

放逐

雙魚啟示錄：在夢幻與混沌中掙扎，不掙脫也無能掙脫。

年輕時，我經常幻想因爲某種特定的緣故，而將自己投進放逐四海的漂泊狀態，但想到放逐自我需要有甘於放空內在和絕對無慾的勇氣，不禁又擔憂害怕起來，我不免理直氣壯的問自己，你夠勇敢嗎？你放得下當前的生活景況嗎？你明白放逐的意義和特質是甚麼嗎？

直到近年來，不止多次回返那羅部落，專心一意從事部落文化創作後，這種想法愈加明顯躍動起來；不過，如果這些念頭單純到只是想重回部落，過一種悠閒無爭的生活，我恐怕難拿這個理由明正言順的說服自己，讓心去流浪吧！

我眞是個麻煩的人，放逐自己並非甚麼艱難的工程，我又何須穿鑿附會的找來許多藉詞，難道還得添加放逐的宗旨和引言不成？三十多年前，我不正是如此一夫當關的一個人拎著簡單行囊，毫無任何顧忌的去到當時仍處窮鄉僻壤的那羅教書嗎？爲甚麼年歲增添後，所有當年義無反顧的勇氣通通不見了？反倒瞻前顧後的想得特別多。

放逐，是出於我的本意嗎？這些日子以來，我深爲如何與人相處而煩惱，已然越過不惑之年的人，我又何能提出如此貽人笑柄的話題呢？因爲不諳與人相處之道，因爲害怕與人相處，我索性尋求將自己放逐到一個我認爲最安全的地方，過著與人無涉的簡單生活，否則涉人過深，我當不知如何迎對人善人惡、人是人非。

就因爲這個我認爲極其合理的藉口，便全心思考放逐自我的方式與可能的結果，我並不想浪費太多時間去思慮關於人與人之間，爲甚麼會爲了偏見而利用權謀玩弄情誼，也不想耗時去猜測人心是否經得起利益衝突帶來的種種險惡論證，人性是不能考驗的，人性經不起金錢和利益一絲絲的測試；而我卻在這個迷網中一籌莫展。

想要放逐自我，已經不是第一回的想法了，自從強烈產生這種念頭以後，我即想像著離開人群、離開舊有的人際和環境，將會是一件甜蜜的事，而我已然具備這種確切不擔心孤獨或寂寞的心理準備，這種深具浪漫意識的行爲，的確跟記憶有關：從有知的年少時代開始，我即嚮往著離群索居，過著與人無涉的簡明生活，即便如冒險小說裡描述的那種森林原始生活，我樂於自己就是小說裡的主角。

幻想是可以實現的，當屢次遭受到人心不古的撞擊後，我開始朝向可以自在而昂首生活的目標前行，如果夢幻可以用意志實踐，那麼，隨著我對放逐的了解，以及對夢幻有意識、有計劃的構思，我依舊相信可以情深意濃的回到熟悉的部落，過著簡樸生活。

想起那羅部落，我臉上的表情便顯露何等誇示的滿足笑意，這個我一直將她收藏在內心裡許久的美麗部落，從未背離我成為一個充滿市儈和世俗的猙獰所在，而我也從未遺棄她，她始終是我心底最美的人間仙境，是我遭逢苦難時，靈魂的庇護所。

不知從甚麼時候開始，那羅部落不止是我心裡面一直存在的生命夢鄉，更彷彿是我難捨的愛人一般，只要久久不想起她、不去探她，我便像患了病一樣的容易憂鬱起來，整個靈魂飄蕩得厲害，就像小說裡描繪的「魂飛魄散」那樣，時常感到六神無主、氣絲浮游，只得抱著那羅的相片神傷一番，痛哭一場。

我爲自己這種奇怪的行爲取名叫「新悲劇情懷」，原來過去我所有的憂鬱病症，全起因於我離開了這個可以療我心病的地方，那是難以言喻的覺醒感動，一種解放最初情感與最原始情誼的眷戀心事。

我似乎能夠預知，等在前面的渺茫生命，唯放逐自己到那個夢幻世界，我的心靈才能得到眞正的解脫，也即是說，我不能再欺騙自己，以爲固守著不想改變的生命態度，只因現實使然，便慵懶的讓靈魂無所依歸。

恐怕也是我的心累了，我的心聲不斷催促，用放逐去流浪。

逃

最愛逃離現實，
只因現實不美。

逃

雙魚啟示錄：最愛逃離現實，只因現實不美。

父親過世後，我的事業也隨之完全告終，一併與他的離去沉埋塵土，沙塵滾滾，卻彷彿怎麼葬送，都無法忘情對他的思念，總歸來說，我的中年時代因爲欠缺對於理性應有的認知與關注，所以才會在父親離去同時，將事業糊裡糊塗斷送，這使得我感到驚愕不已，也連帶產生不少人是人非的無稽爭端，尤其，連毫無相干，根本不相識的貓狗先生也會紛造不實謠言，陷我於有口難辯的地步，難辯是非，不如閉目養神，管它口業造次。

究竟要不要去在乎所有我身處世間的是非曲折？在乎那些見面不相識的

人，一套令人氣絕的說詞？人間事不都常是這樣把無事放大，把小事擴大，把尋常事說大、把白事說成黑事嗎？如市人求利、寸積銖累，我何當辯訥語默，念他不相識，脫一厭字便了。

可是，我知道對於如我這般笨拙的人來說，千叮萬嚀的結果，心裡卻依樣在乎許多，我會在乎跟你不相熟識，你何來這些不確實的街談巷議，我會在乎，你又是誰呀？

現實果眞不美，那個爲了我兩本新書的書名而偏執去我職、革我清雅的情緒女子，不也如此讓我覺到一念之變，如她所提偏執；這人平日雖指數粒粒唸珠，卻心中恐懼相隨，使我深覺現代人任意拿佛護身，護得個人俗情，倒是拙之哈哈。

那麼，我到底要不要在乎像她這樣的人，理我是非，串我因果？

我選擇逃離面對這種令我不悅的舉止，我討厭她加諸在我身上所有不善的言論，這些醜陋的說詞說多了，很容易把不可能變成可能，把一切事實的眞相扭曲成不像樣的各種類型，既然知道許多事情發展的結果，必然如出一轍，我又何須入相於心，念她說東說西，說我種種不是、不禮敬和不知圖報她賜給我一個編書工作的恩澤。

我開始將自己隱藏起來，隱藏到一個可以不去面對不完美的人間事的地方，這是我的唯一，我沒有能力去迎對不完美的缺口，便只能用逃離來做我僅有的脫身與遁形過程，用眼不見爲最美好來做爲自我安慰的說詞，總是有許多理由來見證我心中對現實不美的拒斥。

固執於對不完美人生的厭惡，我甚至厭惡極了是是非非帶來的不快，每段風波過後，我都會像隻受傷的小綿羊，殷切盼望得到寧靜中的修養，然而一旦可以讓我得到靜養時，我的內心又像遇見久別重逢的老友那樣，充滿矛盾般空虛與失落的感慨。

我的心不好伺候，自從感到心靈容易受創之後，我便嚴格禁止自己出現在人多的場合裡，更不准許自己結交新朋友，我用種種理由和花招，嚴控自己不去接觸陌生人，我恐怕用心的最終結局，復又無法控制與人交往的困擾；說得奇怪，假設違反這些承諾，頭疼就會放肆無情擾亂著我，現在的我，看來有些害怕與人接觸，一旦與人交談寒暄，也都是些不明所以的語無倫次。

後來，當我決定重回部落生活，執拗遠離那些不完美的人和不完美的事之後，這才深刻發現原來不完美的卻是自己，因爲我把不完美的人生當完美看待，把不完美的人當聖者對待，難怪空虛失落。

話雖如此，我仍舊會依守著這種對不完美人生的完美態度，然後自我解嘲的笑話人生本來就是這樣反反覆覆，說不上一個準字。

難道我安於在這種反覆中自得其樂嗎？都市人的不確定性與善變的辯詞，自始至終不適合我，也不知道爲了甚麼，我竟失去對人與愛的憧憬，爲了不想明說的理由，我決定一個人到部落度過這一季冷冷的秋，我將把那些不完美的人影遺忘在竹林中，或者更深的叢林裡。

分明了了，這根本是我在逃的意識裡，建構更多更強悍的逃離意念，逃離我對現實的遺棄心理，這種下意識逃的心理意象，的確讓我有逐漸感到冷然的況味，我卻愛這冷、愛這孤獨，愛這逃的快樂隱匿與悠悠的悲涼氣息，以及對完美的孤獨影像的崇敬。

不喜歡的心

擁有強烈棄離人際的遁身術，
何妨遁進自我寧謐中。

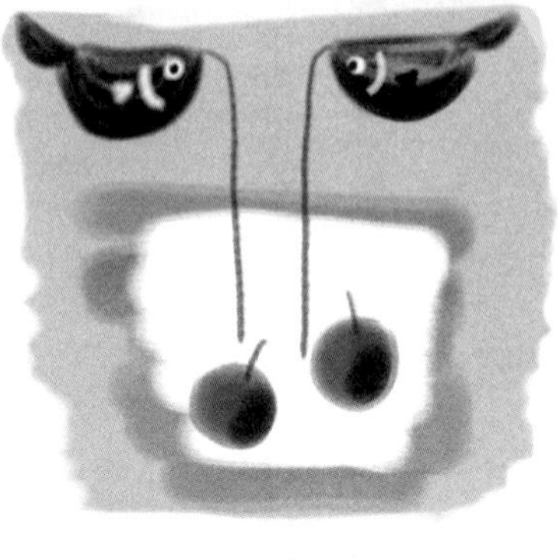

不喜歡的心

雙魚啟示錄：擁有強烈棄離人際的遁身術，何妨遁進自我寧謐中。

無法安定下來的心，常常使我有逃離的衝動，逃離不喜歡的人，不喜歡的事，逃離不喜歡的環境，以及逃離自我；但是不想動，不喜歡動的情愫又迫使我經常杵在原地。

逃離以及不動的相互錯疊，使我的心焦灼在極度不安與矛盾之中。

這會是我宿命裡永遠難以破除的困阨嗎？我的心被自己的矛盾囚禁在不明不白與不清不楚的左右兩難，導致逃離的迷失困惑，逼使我對生命引發迷茫的失落感。

年輕時，幾度因爲無法抗拒跟父親之間的理念衝突，以及厭惡母親對父親成性的嘮叨，而心生離家出走的念頭，當然，每一次叛逃都能順利成行，也順心滿足我厭惡「不喜歡」時所產生的逃離意念，但最後都是被彷彿和我有著靈犀相通的父親，辛苦找到回家，父親不知何來神通廣大的天眼之力，竟然連我藏匿地點都瞭若指掌，令我不得不敬服做爲一個父親，愛子心切所啓動的心靈感應，以及他勇於尋覓的特異能力。

然而，就那一次，當我毅然決然以深刻的逃離心，完全依照教育局分發作業，一個人深入當時仍爲一片荒山野境的那羅部落，從事小學教員工作時，他再也沒有任何理由把我找回家了。逃離的蠢動念頭，時刻留存在我靈魂某個隨時都會迸出的暗處，我相信，這種難能掌控的縹緲心態，恁誰都無能爲力相助；我更相信，那個再也沒有理由與機會要我回家的父親，必然神傷不已，他跟我的情誼彷若兄弟一般，對於每次我這種突如其來的逃離策謀，他豈會不懂我內心深處眞正的意圖！

那一次逃離，成爲我這一生中唯一正確的選擇，我原本殷殷期望，從此以後這顆沒法穩定的心可以安頓下來，青翠山巒呈現的寧靜，足夠讓我因爲必須長期居住於此，而給我帶來相對安定的生存信心；然而，我知道我不會只是個貪求安定而已的人，我的心向來漂浮不定，不知爲甚麼，這逃離現狀的心情，始終暴露在我看起來即一副不定的外表，連自己都感到不解。離家出走非我所願，我只是慣於爲了拒斥心中不喜歡的感覺，而養成心與靈魂的逃離衝撞，我確知感覺跟情緒相繫，卻不想追查感覺在我情緒裡所佔據的分量多寡，可以這樣說，當憑藉感覺生活、思考和做爲判別依據時，我僅能以一己的想法行事，如此說來，我所謂的喜歡或不喜歡的標準，全得仰仗感覺帶給我的觸動元素了。

事實上，人好人壞我很難用生活經驗判別，我甚至不喜歡這種複雜的心思，卻又習慣自我攪進更多複雜思維，進入原已紊亂的心思裡，最後僅能憑恃著敏銳感覺，去看待生活周遭相處的人；既喜歡人群，恍惚又偏愛孤單，使我彷若一人分飾兩個角色的同時扮演著自己的人生，加上不善交際，不思辯證，即便把自己捲進孤獨之中。

我眞是個矛盾的綜合體呀！我在逃離的思維裡，十分清楚自己爲甚麼要逃離？逃離的原則又如何？以及逃離過程，我當如何去做才能符合美的節奏？

就像讓靈魂逃離我不想聽見的任何不雅或暴力語言，我即立刻放空整個心，兀自空白；就像逃離不喜歡的人，我會設法以若無其事的姿態，逐漸消失在對方面前。其實是我的心裝塡不下那麼多不喜歡，而人類的生存空盒裡卻存在著如許龐雜我不喜歡的人或事，我不喜歡假裝去喜歡我根本不喜歡的人，更不喜歡假意接受我一點都不會喜歡做的事。

離家出走不過是我逃離現狀當中，具體的可見行爲，一旦我的心或靈魂眞想逃離出去時，誰也不會知道他們通通逃到哪兒？就算是我，我固然即是那個喜歡扮演逃離的人，可是我經常不清楚自己的靈魂究竟逃離到哪裡去了？

不必在意靈魂跑到哪裡去，令我感傷的並非我的無知，或者逃離的悲涼意識，我的逃離絕非逃避，我在純粹不安定帶來的緊迫，試圖找尋爲甚麼我的心會如此漂蕩不已的理由；爲甚麼我會從心底產生因爲不喜歡某些行爲或氣氛，便強烈發出逃離訊息，同時瞬間逃離？

那麼，到底甚麼才是我喜歡的？甚麼又是我不喜歡的？

我很難具體回答這個複雜的心境問題，眞的。

動容之後

敏銳感覺的心體，
喜歡成就舉世無匹的美的境界。

動容之後

雙魚啟示錄：敏銳感覺的心體，喜歡成就舉世無匹的美的境界。

美在凡人心目中的標準，到底生成何等模樣？美是極抽象的名詞，一種眼見爲憑的朦朧。

然而，美在我看來卻必須具備有視覺上的鑑賞觀感，以及存乎心中的調和、安定以及使人嚮往的氣燄之勢。

這麼說來，隱翳在深山叢林某個山腳谷地的那羅部落，樸實的自然美景，即吻合這個條件了。不曾見過像那羅部落這樣，以不造作的寧謐與平和美姿吸引著我，我穿越部落山谷四周山林，變換各種角度，不管側看正瞧或遠眺，甚至站到她美的核心，她在時間與季節變化裡，自然無虞地流動不同樣貌，春花秋月，夏葉冬霜，互爲奇景，重要的是，不論風貌如何變化，她所呈現近乎夢幻與眞實並容的景色，慨然完整展現純淨的絕美風格，使人不禁動容起來。

不需要刻意用詞遣字讚揚那羅部落美若天仙，她的美不是這樣的，她的美在時間之河裡，浮動縹緲的素雅風韻，一如可以沉靜欣賞的一塊石岩或一棵綠意盎然的老樹那樣，充滿鮮明耀眼與無限想像的空山靈動，遠近看她、親她，我常有忘而卻步的愛戀感動，她比幻想中的眞實風景更美麗動人。

如果我僅是一名從未與那羅照面的過路人，或許就那麼匆匆一瞥，也會因爲她被隱藏在千重山裡某個角落，卻不曾失去她的清雅風采而深深吸引著；當我一步步接近到她美的內部時，很快陷入她極致飄忽的幽雅中，終至無法自拔。

便是這種難以自拔的致命吸引力，三十多年來，我始終將她美的風貌投影成我心中不變的一體靈魂，五彩斑斕的飛揚在我與她之間，那條時間之河的光耀裡。

如果意圖深入到她無限數大的美色之中，縱令我耗掉一輩子心力，相信依舊無法確切認識她美的完整全貌，以及她的美妙氣勢，也就是說，視覺上的美很容易獲得，實質上的幻境之美，卻必須依賴時間與心靈捉摸，我才可能得以全心一親芳澤。

這層可預期的追尋，使我願意心留部落，以探險家的追逐之姿，逐步揭開我對那羅部落心儀的切切尋訪。

我喜歡追逐可親近的大自然之美，山林溪河的景觀美色，比起人類美貌肢體的誘惑，更能明示大自然是不會對人類構成強大殺傷力，也不致因爲喜怒哀樂帶來變動心，徒讓永恆的美沉淪爲使人顫慄的可憎意象。

我喜歡的美是不被允許具有暴力性質，像我這種在美的迷惘裡不斷跌跤再爬起的人，對於美貌與肉體，不過像隻隱匿在街角的失翼雛鳥，只能用傾慕心情凝視，對我來說，肢體之美的本身，僅是誘惑作遂造成的假相，無非一種可幻滅的短暫依戀，卻不是擄獲這誘惑的本質內涵，換句話說，美貌或肉體之美是不能經由獲得便自然形成的。

美和愛情一樣，絕不會如小說或戲劇描述的那樣，只需經過一場漫長的等待或千辛萬苦的追逐便能完全獲得。美色和愛情的驕縱同樣屬於殘酷的變身，是在形式之外的抽象空間裡，就如天際星辰一般，你若從遠處看它，它的美果眞使人心動，若果你存心想擁它入懷，恐得付出慘痛代價，說不定還得賠上靈魂被不斷稀釋與瓦解的滅絕之痛。

面對美和愛情或者面對美和肉體，我在不安定的怯懦裡，習慣用冷峻心情相待，爲了避免一再被這假相的幻影灼傷，我寧願從遠處審視呀！

如我這種易於被凝視而產生迷濛美吸引的人，常有被自己戲弄的茫然感慨，我雖然擁有無上喜悅的美的鑑賞力，但固執愛戀的無知，卻經常把我牽引到難以衝破的無情壓抑的困境裡，毫無警覺的困境掙扎，使我忽略理智的重要性，同時讓我迅速畏縮到自我譴責的矛盾中。

我並不絕對需要用感情來做爲持續生命存在的動力，卻絕頂需要用情感來完成我心中對於美的優越驚嘆；我不會刻意隱藏對於大自然之美的豐饒讚賞，相對於愛情與肉體之美，僅能以冷然的自我解嘲相視。

愛情與肉體蘊藏魅惑人性的迷離美，卻也愈加充滿使人墮落的危機陷阱，我偏巧曾經墜落到這個誘惑的幻象裡，憧憬著滅絕即是我心中的完美，最後一切情愛落空。

香兒

神經質的敏銳情感，
始終掌控不了情愫心緒的變化。

香兒

雙魚啟示錄：神經質的敏銳情感，始終掌控不了情愫心緒的變化。

我喊他叫「香兒」。他身分證上的漢名叫「謝金祥」，那羅部落的泰雅人喊他「阿祥」，祥音拉仄的結果，每一回聽部落人喊他名，我都清清楚楚聽成「阿香」，聽慣「阿香」，加上他長得白白淨淨，一副英氣模樣，我甚至未曾思考他的泰雅名叫甚麼來著，便不由分明喊他叫「香兒」，部落人也不疑有它，跟著我喊他「香兒」。

香兒從小成長在平地，新竹市、台北縣三重市，都曾經留下他踏足之地，直到近三十歲時，因爲兄長過世，家裡得了一筆補償金，爲了紀念哥哥不幸的遭遇，謝家老父決定用這筆錢在一部落自家土地上蓋間房子，以爲懷念；誰知道懂得造房子的香兒一動起手來建造，竟把房子搭蓋成一棟歐式漂亮的別墅，清清雅雅矗立在臨近青蛙石風景區的那羅溪畔。

行過一部落的人，都會情不自禁被這棟風格優雅，獨立模樣的房子吸引，一想貪歡其中奧妙。

重回部落的某一天，我同其他人一樣，不免被這棟別緻的房屋深刻懾住，彷若畫中仙，貼在山壁旁的這棟房子，因爲美麗，索性轉成民宿，供遊客住宿；香兒自然成爲民宿的經營者，一個必須日夜守著美麗如守住生命一樣努力工作的人。

取名「青蛙石民宿」，這一棟兀自在部落一角發光的房子，後來成爲我在部落暫時的家。

像黑暗中的星月一樣，青蛙石民宿被當成進入那羅部落最光耀的門戶象徵，黑夜之中，如軸畫般美麗的民宿，靜靜屹立在高大岩壁下；從花叢裡投射出來的暈黃強光，將狀式觀音護佑的巨岩，照耀出一大片如渲染的潑墨山水，光與影交疊成的潑墨畫，鎮夜默默呈現著她在黑夜中，唯一的雅致之美，使人不禁讚嘆起這臨水而建的民宿，是守護黑夜的美麗精靈，伸展著牠亮麗璀璨的氣派坐姿，穩健地凝視來往部落的一切動靜。

美的建築對我而言，絕對不止是一種美學概念，雖然山巒環顧四周，我卻喜歡散步其間，讓眞實的美不斷在眼簾流動，也讓民宿的美成爲叢林唯一的喜悅。

我感到精巧的青蛙石民宿，如禪坐修行者那樣，不動如山，靜若浮游，不時升起一股蒼涼的悲壯之美，我獨愛這灰灰濛濛，素雅點點的簡單大調，我站在民宿前看對面山崖岩壁，投影著大自然氣壯山河的壯闊氣魄，我站在山崖岩壁下反觀民宿，如精剪浮貼而成的這棟房子，好像一幅遠近互疊的繪畫，使人易於沉醉其間。

每次住進民宿，所見到的景致都呈現不同季節的不同氣質，這是眞實存在的美，有時，香兒甚至會在民宿大廳的小看板上題些小語或小詩，「我問青山何日老，青山問我幾時閒」這些出自香兒心思的巧妙之語，猶似山間傳送過來的森林之聲，述說著綠色大地絕美的心靈層次，簡單卻充滿不可抗衡的光明象徵，委實表露泰雅人樸素的文才。

我敏銳的察覺到香兒的內在世界，充滿一種難言謙虛的不安定感，以及滲雜著極度怯懦的羞澀，他因爲必須獨力撐起整個民宿的營運，默默承受茫然無著的生命考驗，我卻在他身上看見日昇月落的堅毅和踏實，彷彿他早已跟青蛙石民宿緊相依偎，是無法被割捨的愛的存在。儘管營運事業都必然面臨成或敗的挑戰危機，我在香兒身上所意識到的奇妙靈光，卻是甜蜜多於傷感，適意多過隨意。

我同意自己對於美的悸動，充滿不可預期的神經質般熱戀，青蛙石民宿的美，正是我心中美的幻影與塑像，我經常坐在叫「石番洞」的岩洞思想，走進名叫「寒袖香草原」的紫薰衣草原上，放任靈魂自在遊行綠意山林間，我在民宿二樓的房間裡留下夢想的許多感懷，以及流動對文學的諸多熱望，那是我的「美的奧義」，我對思想神經質帶來的切切念念。

到底是香兒遺失他的心在那兒，還是我刻意將靈魂種植在那裡，使得紅日西照時的青蛙石民宿，無端成爲我創作的文學草堂，變成我心靈飛揚的人文講堂。

我愛青蛙石民宿，彷若沉淪在美麗和孤獨並陳的喜悅快感。

雲深花落處

心靈需要強者做依靠，
否則飄流散盡。

雲深花落處

雙魚啟示錄：心靈需要強者做依靠，否則飄流散盡。

出沒那羅部落三十餘年，我是否夠格成為一名英勇的泰雅勇士？明白自己渺小如螻蟻，加上脆弱易感的靈魂，常使身心因為擔負過量憂思與愁緒，顯得沉重至極，印度聖哲沙迪亞・賽巴巴說：「不要擔心身體，身體有如泡沫，它會消失，你是身體裡的那個『我』，你是永恆的—你一定沒事的。」然而，習慣性的憂思愁緒彷彿剪不開、切不斷的雲朵，我如何從那口口聲聲的脆弱之中站起來，走出去，成就自己做一名泰雅勇士？

哲學家又說：「人生是一座橋，是從『生』通往『不亡』，從『死』通往『無生』的通道。」我自然相信通過這樣的思考，人生必得見解，是呀！

讓我生命的船飄浮在水面上，不要讓水滲進來，走向世界，但不要被世俗所困擾，這就是眞正快樂人生的祕訣。

可是我善於漂泊的靈魂，似乎很難達到這個簡明卻實用的目標，我的心靈需要一座龐大高山做爲依靠，需要智慧牽引這個酷愛流浪的靈魂，住進平靜之中，否則飄流散盡，永難復生；悲苦的靈魂啊！到底我爲了甚麼而憂傷？或者根本不爲甚麼而憂傷？

所以我寧走進深山部落，住進被四面都高山環顧的那羅部落山谷，承受大山給予我心靈的撫慰以及讓靈魂沐浴在無盡悠揚的屏障裡。

我確實必須這樣把善於漂流的靈魂，安頓到一個安全的避風港，讓身心得以在寧靜中橫渡生命江河。

回想三十四年前，第一次越山涉水深入部落生活，所見景況迷濛，不識山林雄偉，莫測森林詭譎，就連最起碼的生活起居，我都無能自行料理，彷彿患了重症，行動不便的病者，最後還得勞師動衆請來邱阿雲老師權任指導，教會我簡單的煮食技能，以及如何從山林之中，找尋可資料理的山草野味，充當菜餚；阿雲老師可是我生活機能的導師唷！

至於阿興、傻尬、信功和所有我任教的學生，帶領我走出孤寂，走進森林溪流，從而在大自然的平和之中，學習領悟生命的寬容與歡樂，進而見識「金錢來了會失去，智慧來了會增長」的生存態度，學生們引領我走進山林間，認識面對清寂森林的勇氣，減弱我對不明山巒發出的嘖嘖恐懼，這些學生，也是我體認大自然浩氣生命的英勇導師，他們如屹立部落的大山，使我因爲擁有他們勇於挑戰生存而累進的智慧，成喜。

現在，當我全然委身進入這座我熟悉的部落山林時，看似掙脫對於森林的恐懼，其實，我仍擔憂自己能否一無遮掩的以一介泰雅勇士之姿，日夜與山林爲伍？

酷似我夢中的生命故鄉，那羅部落山峰飄浮的雲霧，充滿著這個世界獨特的迷人色彩，白雲流過璀璨的光華之後，我見青山消我孤寂，這身孑然之軀，我是不是眞已能從孤獨裡走出來，走進達利告訴我的，那羅是難能可貴的人間夢土？

在尖石國中任教的達利，果眞少見有智慧見地的泰雅勇士，年來，我與達利交談，他清明的智力與執著對泰雅文化的重整，正如我意圖如何重整我低落的心情，以及爲拯救破碎的靈魂那樣，在在充滿新的嚮往。

我終將明白，那飄流不定的靈魂，爲甚麼如此善於飄浮？原來，我的靈魂深處果然長住孤獨，那是充滿悲憫情懷的孤獨，是生命受到自我束縛之後的墮落孤獨，這種別人無法共同參與的生命現象，逕自成爲我心靈一直難言靠岸的眞相。

阿雲老師說過孤獨嗎？不，阿興、傻尬或達利，誰曾經跟我提及孤獨或寂寞這些無聊話題？誰又跟我一樣需要從一步步緊促的省思中，發現我的靈魂必得依靠，必須要有一個強而有力的靠山，做爲捻亮生命燈火的最大支助，否則我即瓦解成碎屑？

長期出沒深山部落，獨步上山做活，獨自折疊生長冷影，獨立走過生命暗潮，孤獨成爲這群部落人的自然習性，他們早已運用山林智慧，有意識地把孤獨之中所含蘊的快樂原生質，滲入簡明生活：雲深花落處，你如何得見部落人孤寂的心靈？三十多年來，我從未聽聞部落人閒坐無趣，說孤獨，講寂寞。

他們已然跟孤獨合而爲一，孤獨，照映部落人練就爲強而有力的生命靠山。

子夜星象牧笛

淺嚐無意識，
喜歡在意識裡自我糾葛。

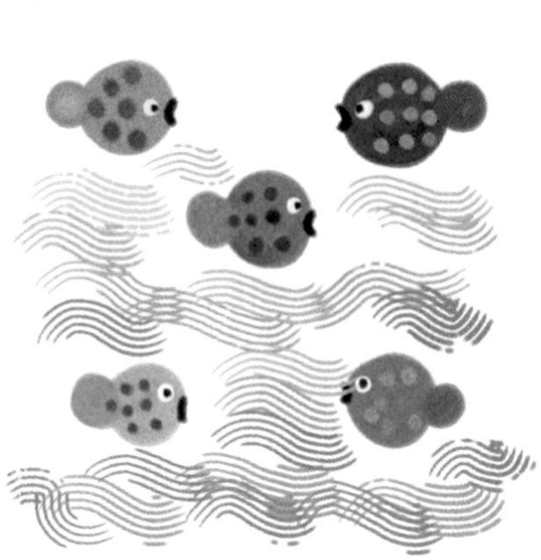

子夜星象牧笛

雙魚啟示錄：淺嚐無意識，喜歡在意識裡自我糾葛。

我少有睡眠中聯想的清夢出現，日子卻夢想許多，即使在困頓生活中，夢想的美麗身影仍會不時輕掠腦海，成爲我思想領空的主流意識，不是多心，絕不是多心，伺機從腦際空隙奔溢出來的夢想，無時不刻像海浪襲擊岩岸般洶湧著，我如何能遏抑這種澎湃的美麗水花，在心底綻放千朵萬朵迷人的浪花？我甚至還能嗅到浪花從遠處岸邊飄逸而來的清新芬芳。

我確信可以從夢想中聽見海的喘息聲，水藍深處殘存著因爲海的呼吸而留下一望無際的海天一色，使每個季節的海的胸膛，散發誘人的寬闊氣味。

有了夢想，我何須放逐？我早在思想的領空裡放逐思緒，成爲燦爛的繁星點點，宛如不滅的星河夜色，撩撥起悠然的子夜牧笛，忽然其中一顆星子掉落心底，產生不斷迴音的無盡光芒，始終閃耀不停。

看來如此亮眼的夢想，讓我想起冬季在那羅部落山頂，跟著洛信鄉長與一群山上的朋友，驅車越過山徑崎嶇碎石路，打算到部落最高峰看流星。

山路蜿蜒難行，駕車的尤民使出在平地開卡車的過人技藝，將一部小貨車順利駛向山頂，沿途耳際傳來深山落下的溶霜聲，我依稀得見暗夜裡綻開的秋日芙蓉，在霜層裡閃爍晶亮的白色光芒，爲甚麼不是雪？爲甚麼不是雪光？十二月天的部落，芙蓉仍然開花，這是很奇特的光景，我等待的紅櫻卻遲未開花，向天伸展的枝椏卻在寒冬山徑旁，優雅大方的探出頭來。溶霜似光線滑落的那道白光裡，果然讓我巧見繁複枝椏的某枝梢上，一朵含苞紅蕾兀自在黑夜中曳動，啊！那必是今冬部落第一朵早放的山櫻花，一朵讓我喜悅的花。

在我眼裡，那黑夜中倏然開展的樹花，瞬間搶眼，成爲山間不可侵犯的生動意象；冬日仍輝映著如許光耀星辰的夜空下，這些不凋的芙蓉與早到的紅櫻，就像迎賓花一模樣，綻放只有在特別時辰才會張大的芳香，等在那兒，任我賞眼。

有沒有人和我一樣，在顚簸山路上注意到黑暗中的森林光芒？

坐在小貨車上的人，大概被顚簸震出暈頭轉向，也或許被這迴旋山路的百折驚險，嚇出心慌，我聽見蹲坐在後車座的女生發出驚慌的尖叫聲，一聲、兩聲，聲聲驚動睡眠中的山林靜態。

這條通往流星山頂的山路，果眞變化多端，恁誰都無法掌控下一個顚簸，究竟會突然出現在哪一處不名的彎道上，忽而一陣車震，便又是一連串歡喜的驚叫聲。

部落山林的各種奇遇，容易使人放下一切矜持，不懼不怕，何懼何怕？尤民老練的駕車技術，彷彿山路地圖，條條路徑早已深烙在他腦中。

流星山頂就快抵達了。

也許所有人的心思和目光都聚焦在山頂傳言中，數不盡的星子與根本來不及許願，即大量匆匆倏忽而下的流星；我是見到了，流星果然如雨絲般，在夜空裡分叉急速飛落，眼睛不及反應，便整個天空這裡一顆，那裡一道，一片片好似畫筆涮下的白色墨痕，染亮一山光耀。

我想狂叫，很想從心裡徹底呼喊這難得見著的星辰光澤，眞是奇景，果然就在傳說中一部落山頂，如此壯闊氣派的擴展數不盡的星際長河。

我終究沒有喊出聲來，我擔心空谷叫喊聲會劃破這美好的寂靜景象，隔著滿腔熱情依稀將這興奮情緒存留心底，仰首看這右邊，尖石的上空滿天星海，見那左邊，竹東、關西、龍潭一片燈海，何等璀璨，耀眼如畫。

不久，我聽聞山頂小木屋裡傳來泰雅人的歌聲，聲入空谷，如曠野牧笛，悠揚輕快。

這不就是我心目中的放逐圖騰嗎？下意識裡我感悟到游離生命的契機，

以及無法安分依歸的騷動之心，忽然全匯集到這張星象圖裡，成爲不折不扣的子夜星象牧笛；蠢動生命傳說，便是這般美麗純然。

滿天星辰的一部落山頂，我以渴望那一片眨著明眸星眼的心情看待夜空，夜空也正不經意地用它的不言不語望著我。

逍遙奧義書

不愛受現實影響，
卻能在現實中成就美的幻象。

逍遥奧義書

雙魚啟示錄：不愛受現實影響，卻能在現實中成就美的幻象。

我因爲心裡殷切對於生活憧憬的過度描摹，而愈加顯露不適應都市生存的狀態，一股強烈的厭煩迫使我想要從這種動盪不安的情緒中抽離，不想用心去探究這個強烈念頭的本源，究竟如何形成，如果不安定的心摻雜著歲月帶來的沉悶，呈現我無能迎對的許多難題，有如深秋早晨揮不走空氣中悠悠冰冷的氛圍那樣，必將使我消弭對心儀生命的熱望。

每個生命的個體，是不是都像被遺忘在孤島上的岩石，任憑風吹雨打，兀自傾訴著孤寂的悲劇形貌或悲憫性靈的情節故事？

春天的那羅部落，陽光和煦般落在坡地草原上，整個綠色坡面就像鋪著一張晶瑩的金黃色錫箔，一路滑行過來；放眼望去，那春風暖意的深情低語，像極了長著豐盈羽翼的天使，快活地鼓起飛翔儀式，一無遮掩的在天際穿梭。

莫非這即是傳說中，使人快樂的綠光天使？

已經不是第一次站在這裡仰瞰部落雲峰的春天景致，五部落山腰上的小涼亭，一覽無遺映現整個那羅部落寧謐的綠波，那不是都市世界所能輕易見到，淳厚的綠光，一種在峰巒間躍動著瞬間美感的綠色波光，就在眼前，就在我眼前，燦明開展出令人心平氣和的快意。

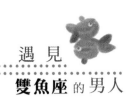

陪同我上山的傻尬，問我到五部落做甚麼？雲天寶早已不住在那裡了，長得標緻的泰雅美女葉月妹也已不見芳蹤，五部落我能找誰看山去？

很想告訴他，我是來尋找孤獨的；但我恐怕如果隨意脫口說出這句話，他一定會以為我這個從城裡來的人，儘愛說著都會一些聽起來毫無意義的話，好比寂寞、空虛、無聊、痛苦或憂鬱等等，關於這些都市人生活形態的專用名詞，他斬釘截鐵地回答我說：「老師，我們山上只有逍遙，沒有孤獨，你肯定找不到的。」

是的，山上沒有孤獨，連鳥隻都不叫孤鳥，叫靈鳥；一個人上山工作不叫孤單，叫共享；這裡何來孤獨之有？

「請相信我，這裡人不時興孤獨，我們沒有時間和心思去想孤獨，也不懂甚麼叫孤獨？」傻尬一臉狐疑的說道。

我相信他說的一切，更相信他話裡面的深刻含意，的確，我根本不應該將都市人因爲習慣焦躁而自我「培育」成功的孤獨因子帶上山來，他的話，把苦澀的孤獨奧義一下子全擊潰殆盡，說得我無言以對，竟不意發現自己在孤獨的心境困頓久了，便自然養成心情不時流動著孤獨的影像，順理成章老把這兩個字深印到心裡、口裡來。

我太在意靈魂悲劇這個虛空的感覺了，逝去的歲月裡，雖曾不斷追撞相似於孤獨這個抽象的生命態度，卻始終陷進與混亂交戰的假性孤獨之中，絲毫不解孤獨眞諦，最後驅使自己在無力抗拒的失落深淵裡，叛離對孤獨的正面了解。

泰雅族的傻尬忽然又說了：「快樂不是很好嗎？」

我要開始嫉妒了，我的生命中從未出現「快樂」這個字眼，我甚至不了解快樂從何而來？向來我爲自己建立的，容易傷感的美夢，長久以來已具備絕然的深沉信念，我喜歡不顧一切投進憂鬱的懷抱中，享受下意識的苦澀。

話雖如此，正如我在部落所見到的泰雅人，他們那種來自山林曠野薰染的豁然之心，都叫我見著後不由自主感到更加抑鬱，爲甚麼我就是做不到「不顧一切的快樂起來？」，卻偏執「不顧一切的憂鬱起來？」難道我仍未看清生命的現實夢想不在退縮的憂傷，而是在前進的快樂嗎？

我必須承認，當我心裡面正想著喜歡孤獨的憂鬱美感時，其實我也正把自己一步步導入脫離常軌的失魂負荷裡，我只是不斷延續假面痛苦的層次罷了。

說這話時，神祕的春陽光輝無分孤寂、快樂，一視同仁映耀在我和傻尬身上，傻尬逍遙自在吸著他手上的紙煙，那燃燒的煙草像是急欲燬滅我孤獨的信念一樣，頻頻發出撕裂灼燒聲。

我還需要孤獨嗎？

湖的幻象

活著即是枷鎖，
極度嚮往魚的悠遊自如。

湖的幻象

雙魚啟示錄：活著即是枷鎖，極度嚮往魚的悠遊自如。

我從那羅灣農業休閒區的文學步道，順著那羅溪直上。順溪而上，可以到達女人湖；如是更上層樓續往上游走去，則爲無人的遼闊河域，荒野溪流，溪水潺潺，空谷繞來一聲、兩聲清脆迴音，越加增添部落山林幾許神祕性與刺激性。

這口女人湖曾是我年少在部落教書期間，最愛跟族人聚集的夏日戲水場域，清澈的溪水，嘩嘩不休的小瀑布，我在這裡練會泳技，也游出幾個夏季的清涼意味；時間過去好些年了，我也久久不再踏足到這個曾是記憶裡最美好的放浪青春，青春不再來，我近乎無奈地難言以對。人生便是這樣嗎？大概是吧！

這早春的溪畔，正像透光玻璃，隱含著一層薄薄霧氣，我看山巒上的櫻樹，在這層薄霧裡孤寂地彰顯它未被隱藏的粉紅花樣，那是寒意深濃的早春烈火吧！這滿山綠意濃重的山巒，唯這櫻樹綻放的火紅，輕點記憶中灼熱的青春花火，我感到不知記憶中哪個模糊片段，有個不識年少愁滋味的迴響不斷旋轉，那大概即是永不回頭的絢爛青春，不言可喻的歲月殘影呀！

我其實還見到一個年輕老師，僅著一條白色短褲，無憂無慮在湖水裡，如魚得水自在划行的景象，不甚練達的泳技，曾經讓這個年輕老師一時沉入湖底，差些命喪黃泉。

這像是暫時被湖水殺死的狀態，讓我對於死亡的見解多了一份恐懼，雖然事後我仍裝做一副若無其事模樣，卻叫當時在場的族人嚇出一臉驚惶，湖水不深，是我對自己不過三兩下的技藝，膽敢划動著過度誇讚的驕矜使然吧！

幾十年過後，當再度提及這樁湖畔事件，傻尬卻說是他「有意」的傑作，他一再向我表明，讓我抱著一顆籃球在水面浮游划行，然後他卻泅入湖底，趁我未加留意時，從下方一拳將球擊走，害我頓時雙手抱空，整個人慌張沉落水底，呼啦呼啦嗆入許多口湖水，這湖底灌水喝的滋味不好受，傻尬說他這步棋，是為了加速我學會游水的「策略」。

是「陰謀」吧！我回他玩笑說：都三十幾年前的事了，那難以刻劃的青春往事，我依稀懷念起光著身子，展露健壯而結實的青春之軀，堅擊著挺拔胸膛，以無上歡喜的榮耀心情，在烈日下揶揄年輕肉體，醺然戲水的耀眼畫景。

不該是不捨青春易逝，青春如花，如飄落的山櫻，總在豔麗與最亮眼時刻，紛紛墜落，墜成一地詩情畫意，墜入我心底深沉的愛戀奔放；好比煙火剎時的璀璨光景，不意間流進記憶冊頁中；部落生涯，我非詩人，卻生活處處得以入詩、成詩，這難捨的青春火燄，終究成爲我十九歲一場如夢似幻的詩篇。

是啊！這個夢幻般的那羅部落，我的青春歲月得以醺醉入詩，不也暗自酩酊，使人不覺易逝的歲月何須嘆喟，何須不忍、不捨！透過靈妙感動，這樣的青春過往，對我來說儼然已經具有某種深刻意義了。

我從那羅花徑文學步道，沿著那羅溪一路直行，許多的記憶紛飛而至，一會兒夏日湖畔散記，一會兒又是春來櫻花落滿地的無言相對；我一生被顛簸束縛，被這不好棄捨的記憶紛擾困住，才驚愕回首一下，原來通往女人湖的叢草小徑，已然改變成一條洋溢文學氣息的寬闊山路。

看來，我像是極欲泅游回到過去，否則這一條文學步道爲甚麼要在石塊上，刻下這許多引人傷感的過往情意詩文？否則，我又爲甚麼急急趕路般，想走到女人湖尋回一絲記憶中的明燦？那羅溪畔紛沓錯置的奇石下，蘚苔上幾隻粉蝶飛啊飛著，那溪底洄游的苦花魚是我嚮往的自在象徵，我能擺脫不再被記憶束縛的無奈嗎？

我想從生命顚沛的枷鎖中逃脫，卻發現自己早被這枷鎖深重的繫於苦痛靈魂裡，難以遁逃。這又是我自圓其說的託辭吧！粉蝶的自在、苦花魚的自如，不都在暈眩中散發出相同的掙脫意象嗎？我只是懷著自虐靈魂的心，不斷增添莫名苦痛罷了！

湖是湖，水是水，誰說記憶的幻象是虛無？

迷路森林

如風般自我離棄，
行走在空中樓閣的意識中。

迷路森林

雙魚啟示錄：如風般自我離棄，行走在空中樓閣的意識中。

住進部落，我常常起身大早，一個人從青蛙石民宿悄悄走到臨近的樹林聽鳥聲，清晨部落的鳥聲別於都市或海邊聽過的吱喳，反而多了一份群樹謳歌的明朗樂音：森林裡傳來奇妙鳥啼，交錯著這些樹聲、風聲和清新的空氣聲，讓人情不自禁歡心起來。

整個部落其實就是一座迷離森林，位於山谷地帶的那羅部落，則是一塊不致使人迷路的森林草原。

那羅部落是依傍在遠從李崠山綿延而來的那羅溪畔建立的泰雅族村落，

群山圍繞的那羅，被大片竹林、杉木微微撐依在山腰上，杉木間夾雜著繁茂的山櫻樹、芙蓉樹，以及逢到秋季便滿山金黃的欒樹、楓木等喬木，使人賞山常是目不暇給。

整個部落的山路，我很熟悉，原來不過兩三條的通道，豈能不熟呢？

青蛙石民宿位於那羅部落的一部落，孤絕獨立的一棟歐式建築，十分雅致；從一部落到市集地的二三五部落，相隔一里路，卻是散步的悠閒走道，如果取名叫它「部落走廊」，挺富風味的，沿途稀疏幾戶人家，掩映在綠意盎然的青山間，遠近成影，恰爲一幅幽雅畫像。

觀光遊客日愈增多的那羅部落，一直停歇在它不被破壞的自然景觀裡，正如部落居民一樣，仍舊保存著他們逢人笑逐顏開的樂天性格，我喜歡這種迷人笑容，一種像是迎向廣闊天空，燦爛無比的特殊笑容，與溪畔綻放的白色芙蓉適成鮮明對映。

台灣仍處貧困的六〇年代，我曾是部落裡一名青澀教書匠，到部落來的第一個秋季和冬日，我被居民喜歡哈哈笑聲吸引著，也被滿山紅通通的楓樹和山櫻迷惑著，我始終眷戀這種象徵熱望生命的生活姿態，直到三十多年後依舊掉陷到無法自拔的愛戀中，這種抽象式的愛戀，是否意味著我是個永遠長不大的人呢？那其中難道更深切隱藏著，我可能與這支來自神祕傳說的泰雅部族有著前世不可名狀的因緣？

任教尖石國中的吳新生主任雖然譬喻我這愛戀，彷彿是從虹橋翩翩而來的前世長老，我卻難以明喻，這種充滿對自然的熱望，是否即爲驅使我把人生苦痛中的可觀變成不可觀的動力呢？但也因爲這層緣故，迫使我在日後的靈魂飄蕩裡，有增無減產生相似的強勢因果。

這也就是爲甚麼在相隔三十年後，經過一段虛擲歲月，我仍然脫離不了對於這塊充滿迷人笑聲的原始部落，不可滅絕的愛戀，像是如風般義無反顧遺棄都市矯情的媚態，只一心留戀行走在被人殘酷笑稱空中樓閣的意象裡？

長久以來，我似乎一直用消沉的逃離方式，對待人生多乖舛的惡質狀態，也相信唯有用逃離的心，才能得到靈魂失落的美麗歸宿；也許我善於在靈魂失落的迷惘中，更易發覺我存在的眞正意圖，原來只是一場飄浮不定的空虛而已。

然而，恍惚了三十年後，再度回到那羅部落來，究竟只是爲了解開這場靈魂飄忽帶來的逃難心理？還是我正被可理解的愛戀心情，驅動重返部落生活的夢想，懸念不下？

三十年後的寒冬，我迷失在不迷路的森林草原上，曾經飄雪的那羅部落，我獨自走在樹林小徑聆賞鳥雀空鳴聲，依稀想起住在三部落的阿興拿給我見識那羅某年飄雪的相片，雪積幾尺呀！這等迷人的白雪，我卻無緣相遇。

這一年呢？我重回部落這一年的深冬，雪在哪裡？悄然想見雪地裡我在錦屏國小種植的那棵櫻樹，是否紅豔依舊？是否仍能讓我尋回些許過往櫻落的飄忽景象？

雪，已然好些年不曾再見，今年依舊不復得見，長得比我高大的阿興告訴我，也許可以上山到宇老看雲海，到觀景台眺望大霸尖山一遍白茫茫雪色。這個曾是我六年級教書的學生，阿興是我始終忠誠的小跟班，他一定明白我想見那羅飄雪的切切之心，那種一無阻隔的蒼穹雪白與遍地櫻落的壯麗姿貌，正像朵朵從雪地重複長出來的新櫻，掛不住青春凋零。

殘酷的青春唷，像未曾謀面的雪那樣，使我心生困惑。

嗚咽那羅溪

憂傷的矛盾靈魂，
不時纏繞無依的心河。

嗚咽那羅溪

雙魚啟示錄：憂傷的矛盾靈魂，不時纏繞無依的心河。

那是秋冬交替裡某個平靜的上午，該是沒有喧囂聲的稀奇清晨吧！我和S從部落學校的宿舍早早起身，信步走到那羅溪畔；深秋薄薄的陽光一路攤在山路間，就算鳥兒不曾歌唱，路旁盛開的芙蓉花不再仰首呢喃，我卻感到草葉間的霜層，在清晨微風的顫動中，刮起一股使人心寒的涼沁，那是一種我與S經歷一整個夜晚不可覺察的意念交戰，叫人不好理解的寒意。

我對部落這種季節變化衍生的大自然反應，理當熟悉，但我意會到，經過一個晚上和S的相處後，對於山間所見草木，難喻分明的產生極度使人目眩的憂煩，騷亂的精神開始擾攘我的心智，使理智片刻暈眩起來，簡直不敢相信自己竟會讓這個既平靜又安詳的部落清晨，流竄我微妙而隱密的情傷氣氛。

很想快速脫離這種忽然襲擊而來的不歡感覺，這種經由言語以及敏感所觸動的低潮情緒，的確容易造成我的不快，一旦不快像流彈侵襲而來時，我必滿身中擊如遍體鱗傷的失翼鳥，哀戚不已，彷彿世界臨近末日一般靜默難語。

部落祥和的晨光大量落在那羅溪畔，寒意熹微中，我和S站立溪旁相互沉默無語，手握紙杯，三合一的熱咖啡在荒涼中逐漸冷卻，正像我當時的心情，無可避免的結凍成霜，冷冷冽冽。

我想，該是靈魂面對難以忘懷的愛欲情結的時候了，愛戀S，使我一時間無力掌控自我，徒讓灰濛濛的情愫，尾隨心緒掉進鬱悶的困頓中，這種缺乏以明亮心做基礎的悲劇性愛戀，模糊了我原來渴望積極接近S的風發意氣，導致對S所有的談話、表態以及嚮往，都在瞬間被自己化爲塵埃飛散。

事實上，我對S沉鬱般的外表與良善內在極感興趣，像這種滲入相當程度悠然性情的獨特個性，加上貴族般特殊舉止的氣質，使我傾慕莫名，我視這種迷戀爲一種「早熟的憂傷靈魂」帶來的殘虐意味，我甚至醺然陶醉其中，享受著憂傷靈魂下，超塵絕俗的美麗快感。

開啓沉睡許久的情欲鎖鏈，不受嫌惡的靈魂拘泥於悶聲之中，一直以來便是我努力不懈的期盼，如此靜沉的心潮起伏，或許了無趣味可言，但迷戀苦澀則是我靈魂的本質，即使像這樣不斷慨嘆舉措愚昧，恐將被誤認爲無聊的悲情告白，我卻依舊耽於這種荒謬式的墮落，沒了失神的墮落頹喪，我甚且不知道怏怏於懷的感傷將棲身何處。

這樣說吧！我老早就預感到自己像隻隱翳在葉片底下的毛毛蟲，觸發我迷離的不是蛻變本身，而是爲甚麼需要蛻變；相對於愛的不可捉摸，如我這種連愛情或愛戀都難以區隔分辨清楚的人，究竟還能在愛戀的狀態裡得到甚麼更進一步的結果？

清晨的那羅溪水，沉沉緩緩流著，一種不具備愛意的情懷，好似哭泣的哽咽聲，單調而乏力的隨行流水持續存在，一點一滴侵蝕我易感的靈魂。

S甚麼也沒多說，緩慢的氣氛，日光心不在焉的一下子落到河岸，一會兒又照到岸邊我和S站立的岩塊邊，當我的視線與S偶爾交會，那倏然垂下的眼神，似乎讓我領會到甚麼。

那麼，一口飲盡紙杯咖啡的我，到底徹悟到甚麼了？忽然沉浸得根本不想用意識去思考愛戀闖入心中，帶來緊繃不堪的部分，竟然會是如此紛沓難抑，索性讓腦海一片空白。

其實我的腦海無能爲力空白，嚮往愛戀閃閃生輝的冷豔，使我到溪畔來的這個秋晨，如置身在一個早到的冬之冷冽中，而部落山腰間的櫻樹，粉紅花朵依舊未開，我卻遁進秋陽下的空曠河岸，避不開神傷帶來的窘困，只好僞裝無事的對著自己調侃部落燦明的日光，實在美好。

還要站在這一條不眠的那羅溪畔多久？誰都沒有開口講話，事實上也不需要講話，就這樣看著、聽著低泣的溪河，執拗地長潺流去，我見S默然沉靜的倏忽眼神，在清明的秋陽裡映現幾許茫然，隱含著喚不回的成謎難題，交疊我墜入迷津的不解疑惑。

紙杯空底，甜甜苦苦的咖啡汁，不留一滴的握在我手中，遠山楓紅遍野，不分上下並存，這時，林中宿鳥，紛紛振翅飛起，顧不得是否有人過來，我和S順著河沿走上步道，殘留某種桀驁的美麗傷感，給即將起風的山谷溪床。

水影中的秋陽私語，我照見自己期期艾艾的緘默心事。

夏日煙夢

夢想與浪漫，
總是情牽意掛的難捨不分。

夏日煙夢

雙魚啟示錄：夢想與浪漫，總是情牽意掛的難捨不分。

夏天到了，原來深切盼望見到夏日亮燦陽光的期待心情，因爲過度憧憬亮麗的日光，可能使我鬱結的心事稍稍解開；事實並非這樣，我那失去依靠的靈魂，一再無法自主的掉落到空白的沉默之中，令我感到淒迷的並非我善變的心，而是我日來尋索的思變靈魂，不知逃逸到哪裡？一旦發現時，我又急切等待撲拍著白羽翼的快樂天使，能夠帶領我的靈魂飛離悲劇意識的枷鎖。

看來我是矛盾的，既然喜歡痛苦帶來的優越美感，卻又害怕敏銳的聯想力，會無情地把我的思考靈魂鎖進不快樂的地牢，連喘息都感覺得到美感正以一種偏頗的束縛壓迫，促使我難以超越自我，掙脫掉枷鎖在心裡造成的混亂。

很想好好活著，也想快樂面對燦明陽光照耀在我身上的舒暢感動，就好像春天來臨時，我便一心期待夏季的陽光會為我帶來明亮視野，使我心情快樂起來；一旦夏日到來，反而期盼見到冬天的蕭瑟之氣，融入易感的靈魂中，陪我一起感時花濺淚。

我的矛盾心情驅使生命不斷朝不安定方向前進；說穿了，根本就是我濫用超感覺的敏銳，把不安定帶入靈魂，才會迫使易碎的靈魂一直深鎖在空洞而無助的黑漆地窖裡。

曾經為了人究竟要如何才能擺脫不快樂困境，從而跳脫出這種不完美，進入單純的簡明快樂，而不停苦思冥想；結果發現，我個人其實正是那個阻礙快樂進到靈魂之中的最大惡魔，也就是說，當我猝然驚覺自己即是那個讓心情從不斷沮喪中失落的壞蛋時，我愈加困惑的想扼殺自己。

爲甚麼當我期待陽光照耀時，心裡卻想著寒冬冷颼颼的悲情意味？爲甚麼當寒冷的霜降時刻，我卻一心念著夏季亮晃晃的日光，可以使我心境不再憂鬱？

果然這個夏季又來臨了，我站在部落山頂上接受燦爛陽光高照，這萬里無雲的宇老鞍部，所見青山樹巒，連綿成一幅令人訝然的綠色山脈，那每一座山形都如此安靜呈現它浩然蕩氣的壯闊風貌，是竹林，是杉木林，是整片綿綿綠意盎然的美麗大地，使我有強烈想哭的衝動。那就哭吧！我感動的淚水倏然而下，一點也不需要耽心會不會讓人撞見，這是我豐沛感情的正面，是我浪漫情懷的眞實深沉，何須刻意隱藏？

是啊！宇老鞍部山頂在日照明晰之處，可以清清楚楚見到山這一邊的山谷底下，是那羅部落，我年輕時第一個任教的學校所在地；山的那一邊山谷底下，是玉峰部落，第二個我任教的學校所在地，明確得見的校舍屋宇，使我看了不自覺又懷念深刻的叫情緒低落起來。

這樣時時刻刻用懷念過日子，你不覺得累嗎？

不知怎麼的，我就是習慣和喜歡這樣過著憧憬生活，也許不夠眞實，也許太容易情牽意掛陷入夢境的虛空裡，使我疲倦到有時眞不想睜開眼睛，一清二楚看這世界的其他樣子，我喜歡依戀在無限失落的低潮中。

我始終不明白這樣過日子有甚麼好的，其實應該這麼說，我根本不想明白這樣過日子有甚麼不好的，夢想和浪慢到底有何關聯？失去浪漫或夢想，我的靈魂又會變成何等空白？我在乎靈魂必須存在於夢想與浪漫所產生的生命動力裡面，因此不認爲失去這些而能使我活得滿足；然而，就在我面對這些靈魂的浪漫情懷，也必須坦然面對現實世界的殘酷眞實時，我即刻變得痛苦不堪，這種無法避免的精神壓迫，是我對生命希望的最大阻隔。

夏天的部落陽光不比海邊陽光來得容易使人陶醉，宇老鞍部的日照固然明晰清華，卻同時強烈引發我對浪漫定義，充塞明顯的矛盾意念。我要不要這種浪漫？想不想讓這種浪漫陪我一生？所謂的浪漫，於我究竟有甚麼意義？

我甚至懷疑起我的浪漫充其量是一種欺瞞自己的行爲，因爲這層浪漫背後，竟存在不快樂的因子，我會茫然即是我一再瞞騙自己，夢想和浪漫是我心靈的最愛。

一場煙夢似的靈魂變革，開始在我心中萌生不安定的焦躁，當我眼睛看著宇老連綿青山的撼動眞相，內心反而因襲著墮落陰影，以致連靈魂的跳動都感到萬分不規律。

陽光有時太耀眼，我只得將自己隱藏起來。

泥足

無意製造自我的混亂，
卻終究陷在經常性的混亂裡。

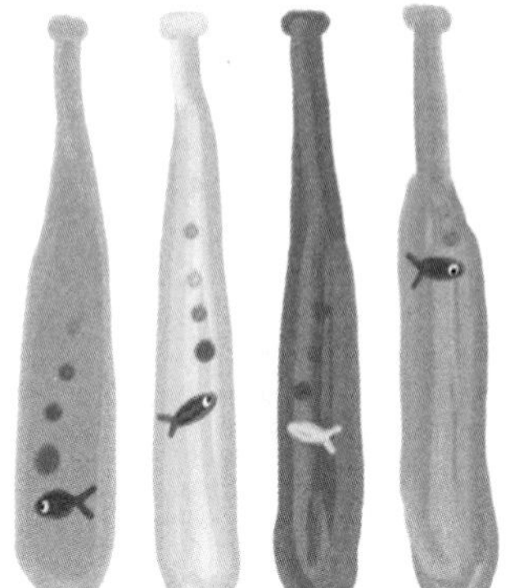

泥足

雙魚啟示錄：無意製造自我的混亂，卻終究陷在經常性的混亂裡。

我到三部落尤民種植在錦屏國小操場後上方的薰衣草原，看紫色與綠色如何交錯成一幅使我既愛又迷離的色澤。

對薰衣草的喜愛由來以久，所見的紫花，刺激我對色彩的敏感反應，我彷彿能透過紫色的鬱抑本質，看到神祕的沉重魅惑，輕嘆薰衣草爲甚麼會在紫綠間，散發出如許令人震撼的迷濛光澤，這是明顯的矛盾呀！紫綠並枝，撼動我心，我卻預感著這樣的色彩將會是我易於傷感的源頭。

尤民種植的薰衣草原，大抵有幾畝田地，我無法估計，每次循著山路走到草原下方，一股突如其來的喜悅與傷感，都像並存的雙生子，激烈又溫柔的撞擊著我期待的心情，使我愕然的是，當陽光溫煦的照耀這片草原時，我眼裡所能見著的紫花與綠葉，清晰得好似無法言喻的夢幻，呈現出如許使靈魂崩裂的驚喜，一方面它眞實得像一幅舞動著萬般風情的美麗圖畫，一方面又虛空得如不眞實的光芒，連連發出使我莫名的悸動，就連見到的陽光，都反射出幾許令人不解的異樣幻影，參差在曼妙輕風中。

我常常一個人走到園子裡，迎向風中的紫色大地，我在紫園中，人在風裡，紫薰衣在我心底，我理解自己這種在別人看來似是毫無意義的行爲，恐怕是一種差異性的美感需求，我不想把自己僞裝成跟一般人相同的看法，也即是說，當別人對於色彩並沒有如我這般敏銳，同時並不介意顏色所可能產生的生命論調，會像我這麼在意時，我的確固執於按照自己瘋狂的愛戀喜好，不需否定紫色在別人心裡面的見解。

尤民是個有專業學養的農夫，對於薰衣草種植的常識與理解，使人敬服，我人在他利用廢鐵皮與杉木頭搭建的臨時草寮飲熱騰騰的香草茶，然後面對山坡底下，五部落的遠山景致，心情自然識趣地活躍起來。

坐在利用綑繞電纜線的圓木座做成的椅子上，喝調配的香草茶，那個透明茶壺裡映現出油綠綠的明晰綠意，輝映著難以譬喻的纖細綠光，沉浮在熱水裡的葉片，使我情不自禁掉落到曾經認識的某個愛死了綠色的友人，過往一段執拗感情的不安中。

那是把我的情感導引到愛戀著美，恰又如跌進一場浪漫深淵的痛苦，傷感吞噬我失神靈魂的錯置情誼；說穿了，是我將美麗誤植到一個不懂美和浪漫的自私人身上的錯覺，有一段時間，因爲這個人，我迷戀著紫色與綠色共同依存的愛麗絲與薰衣草，也迷惑在紫色與綠色所帶來的神祕意象，心中卻殘存著對這兩種不同色彩，卻又相繫依偎的隱晦難明，產生極強烈的矛盾慕戀。

像是泥足深陷到一場無法自拔的官能愛戀裡，我深知這一段難以確認的情感，將會造成極度悲劇性結果，問題是我對於愛戀意識，向來充滿無可藥救的劣根性，像我這樣偏執於沉醉在美的氛圍裡的人，確實很容易陷入超感覺的錯亂中，而我明白意識只具備解釋性的功能，對實際人生並不能引起眞正效益，有時意識反而更將帶來不必要的許多意念糾葛。

雖然我在這一場美的追逐敗陣下來，並且很快從情感的傷痕累累中甦醒過來，但我的心並沒有因爲敗陣而減少對於愛戀美的追尋動作，就像紫和綠，始終在我心裡面確立象徵優越的色彩地位，至少應該這樣說，我不會因爲錯置的情感而僞瞞自我，甚至嫁禍給無辜的，這種曾經愛過的綠與紫並聯的美色。

我坐在尤民空曠的工寮裡，喝綠澄澄的香草茶，眼界則是綠油油一片的那羅山脈，尤民仔細爲我解說各類香草茶的品種，迷迭或者薄荷，以期讓我深刻認識這些大自然的綠色植物，進而產生相對興趣，顯然我聽不進幾種草葉的名字，便整個人恍惚起來，害得尤民說或不說都困入兩難，我知道此時我的心正被透明玻璃壺裡流動的綠光影響著，已經很久不曾這樣對著綠色迷茫，也或許正因爲山裡的盎然綠意以及尤民的薰衣草原，在陽光照耀下，越加散發出獨特的綠茵風味，使我的幻覺出現片刻傷懷，那曾經泥足深陷在錯綜情感的悲憫，似乎應當一一被時間省略。

忽然，我想到草原摘一兩朵薰衣草上的紫花，放進綠色香草茶裡。

因爲綠光，以及想念的緣故。

菩提月色

苦澀的痛苦象徵，
認為痛苦即是最美。

菩提月色

雙魚啟示錄：苦澀的痛苦象徵，認為痛苦即是最美。

我是詩人唷，在森林裡吟唱永不歇息的悲傷之歌；我是不寫詩的詩人唷，山林部落的雲霞爲我的日子披上一道彩虹，我渴望到任何有綠光、有水草的地方，到遙遠的靈魂彼端，探望風在竹林中吹奏一支支牧笛。那個地方，清晨時刻，有許多男人拿著斧鋸，折下長長綠竹；那個地方，黃昏時候，駕駛鐵牛的工人會把車子停靠到店鋪旁，夥同幾名醉漢一塊喝起自釀小米酒，直到頭戴橙黃燈籠花的月光漂蕩到他們暈紅的臉上，方才醺然酣休。

飲酒的部落人是詩人唷，他們述說野風中樹葉在沙沙聲發出的滑稽故事，每一則故事都像第一次的白茉莉，開出淺淺笑顏，那麼，甚麼又是部落人淺淺的笑顏？

生命是不該浪費在太陽沉西後的寧謐裡，愛過那竹林、那水潭和秋天犁過土的大地，飲酒人手執的碗杯，溢滿暢飲後的醉語閒歌，一滴滴落在嘴角濡抹的芳香中。

是詩人唷，醉後的部落人横豎躺坐在牆角，在地上的冰冰涼涼，然後嘴裡發出低語喃歌，然後靜止，睡去。

他們邀我一起飲酒，飲大碗公的苦酒滿杯，我依照自己的慣例，痛苦時候飲下大口，隨意時候，用嘴淺嚐一小口；官能上的憂愁早已深進我容易傷感的情緒，酒水漂流，我內心隱藏著對生命絕望的恐懼感，將會反常的跟隨所有飄然酒意，噴射出來，我極力壓制不去飲酒，期使苦不堪言的傷痕，不必藉酒竄逃出來。

痛苦眞是我唯一的美感嗎？難道失去痛苦的美感，我便不成爲我了嗎？

我依在五部落吊橋上的鋼索，眺望那羅溪月光照耀的水面，水中岩岸倒影，一無遺漏映照出透澈的樹影，猝然想起在桃園國中教美術的段老師，這個在我生命中驚鴻一瞥的奇異人，在我內心積霜堆雪，急需拯救的時刻裡，用他莫言無語的義氣，挺身相助，他是個意識裡充滿智慧的佛心菩提，猶如施惠菩薩，提示我的心躍進人助自助的遣悲調之中，我被這種氣息迫使必須面對自己感情的陰暗面，面對生活無比混亂的支支節節。

過往許多日子，我好比失去羽翼，一隻日夜驚恐的靈鳥，易於被任何突如其來的小事觸痛驚慌，我的心田何時變成如此薄弱？非得在段老師對我義無反顧的開導，才明鏡透心的省思選擇重回部落，一無顧忌解放不受傷痛靈魂羈絆的悲涼，遠行到荒野的山腳部落。

我是罪人哪，震驚般想起段老師，想起心有所懼，想起過去相助過的貴人，那種幻象，難堪的在我心裡晃動著，種種放聲哭號，都難以平息我不勝負荷，愈攪愈亂的思緒，我情願回到最初的夢想，最初回不去，我倒記憶起往日那一段無端被燃起的情深意欲，像是一場錯誤的生命抉擇，令我一錯再錯，終至讓靈魂畏縮成孤零零的破碎幻影。

想來，我的靈魂恐怕再也覓尋不著可棲身的神聖殿堂，如果不是寂靜的那羅部落，我大概已經沒了託身之地了。

四處靜寂的部落，我是不飲酒的詩人唷，我把那感情陰暗的虛假丟入那羅溪澄澈的水流中，我把那易於受傷破敗的心田植入亮晃的月光，我把嫌惡自己的一面拋擲到溪河上游，那個荒蕪的淒涼森林裡，我在懺悔既往的生命流程，想起段老師坦然晶瑩的語言，心底即刻升起一股月華光澤，明晰得酒意全消，醉起一陣人性的明燦甜美。

爲甚麼要提起這個江湖豪氣的美術老師？爲甚麼要在飲下大口部落詩人端給我的，特大碗公溢滿的櫻花美酒時，猝不及防想起遠在桃園的這個奇男子？是出自友情吧！是出自那個使我勇於面對苦痛的眞實自我，暗濕的靈魂顯影吧！

我的想法是不是很難理解？我所謂痛苦即是美感的意象，是不是就是自虐的實相？連我都不明白自己這種困在抽象與亂象的迷惘，會不會即是我一再自覺罪過的緣由？

看來我得趕緊離開這座老舊的吊橋了，店鋪的酒醉詩人還等著我飲下今晚被酒水淋濕的月色，一咕嚕的詩情畫意。

脆弱的靈魂

嚮往溫柔與靈魂潔癖，
行為卻充滿無可藥救的自虐。

脆弱的靈魂

雙魚啟示錄：嚮往溫柔與靈魂潔癖，行為卻充滿無可藥救的自虐。

聽直話，對我來說未免過於沉重，更且易於瞬間叫情緒掉落無底紛亂，直話不一定是眞話或有分量的得體話呀！如果換成溫柔又哲學的方式，我當聆聽入神，充滿嚮往的從心底升起陣陣溫暖感受。

我知道不是所有認識的人，都會用這種祥和的口氣跟我說話，一旦有人在語言世界用粗俗或顚倒是非的氣勢相對待，最後我必定會矜持遠離這個人，我不希望在沉重的語言世界裡過活，生命中最大的缺憾，便是我會在遭受別人無情的語言痛擊後，甘於將不喜歡的人的名字，從電話本裡一筆一線塗抹掉，當我不喜歡一個人時，甚至連看到他的名字都會叫我感到不快樂。截至目前爲止，總計有三個人的名字和他們的電話號碼，成爲我電話本裡黑抹抹的長方塊。我沒有能力應付過度複雜的人際關係，人好人壞自然有我的分別心，我敏銳的感應力很容易在人的語言世界裡覺察到眞情假意，也確實能夠了解到我是否願意與對方繼續交往；促使我不想跟用語言傷害我的人相處的最大原委，是我的心太過於脆弱。

「世界上所有的不幸，以及人類生命史上所有的悲劇，都是因爲當人們得見到苦悶、貧窮和臨終前的最後懺悔，才會省悟到平和，感受別人的感覺和靈魂純淨的必要性與重要性，進而充分理解生命的最大意義在於互助。」這是我一位學哲學的朋友曾經說過的話，我擁著這句經典語言奉爲對生命態度的忠誠信仰，那是因爲我在自身靈魂世界裡，不斷尋找這種屬於澄明的溫柔寂靜，唯有在溫柔中，我才得以活出美麗嚮往。

然而，這個世界並不如我想像那樣充滿溫柔和寂靜，我常被已知世界的現實擊潰，也被自己眼前的自虐想法圍困，始終跳脫不出如何面對使人心靈痙攣的複雜世界。

說這些話，其實不也是告訴自己，我眼前的人生正滾動著兩種矛盾的現實，第一，所有學理都直陳與召喚未來的世界，是一個具有前瞻性的美麗遠景；第二，這個世界卻又同時告訴我們，人生是殘酷無情的。

矛盾之於我，早已司空見慣，我的性格即是矛盾的替身，我在生命的矛盾中活過許多殘缺歲月，也在矛盾中產生和創造許多有意思的人生作品。

人的世界就該是這樣吧？

我懷著喜悅之心看待人情，有時免不了遭到重擊，就說我一位被稱做美男子朋友的事例吧！這個朋友是個小學教師，對於電腦頗有研究，金牛座的個性使他做起事來，條例分明，一絲不苟；在電腦正沸沸揚揚走進個人世界的那個科技起飛年代，我對於懂電腦的他充滿敬服與崇拜，他也樂於引領我走進這個神奇領域，帶我買電腦，教我如何在鍵盤上啓動畫面和運用簡單格式，學會中文打字，以及上網查資訊，他並且爲我在網站上用 fernando 這個象徵戰神的西班牙名字申請了一個電子信箱，我欣喜若狂的爲自己脫離落伍行列，能夠獨自使用電腦書寫而快慰起來。

之後兩三年的友情相處，這個金牛朋友的態度變得十分詭譎與冷淡，他經常性爆裂的焦躁脾氣，使我誤以爲我到底做錯甚麼，竟惹他如此不快。

不安的心和苦澀的情緒好比沉鬱鬱的陰天，籠罩在我黯淡的靈魂之中，我不明白這個人爲甚麼會在忽然間變了一個人樣，甚至難以揣測他原來對我一切的好，怎麼會一夕間轉變成無話可談的陌路人，使我確信的是，這裡頭一定存在著我所無法理解的某些錯覺，而我幻想的平和之愛，也必定遭到背叛的乖舛命運。

果然，事隔三年多時間，一次共同到外地旅行回來後的意念浮沉翻滾，兩個人的友情終至瓦解破裂，再隔一年後的某個八月天，我在電子信箱收到他一封未署名的信，信的內容除了嚴厲抨擊我種種他認爲的不是之外，還附帶提及這樣一段使我幡然心醒的話，他說：「你以為我每天從學校放學後，辛辛苦苦從新莊跑去景美教你電腦是不必花時間的嗎？別人到補習班學電腦，也得需要繳補習費……。」

我已能確切體悟，假相的友情，原來滲雜著如許令人難堪的實相交易，引起我注意的，是我需要將這種友誼利益化的論調擴張嗎？

費了好大勁，我在看完他來信不及五分鐘的迷亂後，迅即將信刪除，置入垃圾箱。我不想看見美麗背面，真實的醜陋。

葉隙下的綠光

缺乏勇氣的心，
一路迷茫到底。

葉隙下的綠光

雙魚啟示錄：缺乏勇氣的心，一路迷茫到底。

我曾經坐在師大路邊，師大公園的石椅上將近一個小時，我喜歡這個公園好幾株高高的小樟樹，葉隙下透著微微閃亮的澄明陽光，像這種看起來使人心生舒暢的綠光，在細緻的綠色樟葉間，顯現無比澄淨的輪廓，這幽雅的街邊景色，使我一時發愣的忘卻自己到師大路來，究竟身負甚麼任務？怎會一下功夫，全被幾棵遮蔭的樟樹上頭，亮澄的綠葉吸住腳步，蝕掉心思。

我曾在靈魂遭受創痛的某個夏日午后，走進那羅部落的森林，一個人漫行走在步道間，森林的綠樹在午后烈日照射下，顯得寧和不已，工寮裡不見上山工作的泰雅人，我樂得獨自與山林做無言交流。這個時候不說話最好，不自覺走到森林哪個方位都沒關係，反正就這麼一條山徑，想回去，掉頭順路下山，也不至於迷失。

我喜歡樹，喜歡在樹叢裡看綠光，看永不厭倦的風吹葉片飄落的翩翩風采；這種大自然的生態形式，跟人生當中，存在與滅絕的意義幾無軒輊，雖然我承認自己這種臨事無能解決時，只會一心一意想著躲進樹林或坐到樹底下的行為，恰是缺乏勇氣的徵候，但不如此暫時退卻到靈魂之外某個空間裡，我的心又將如何承擔創痛。

這即是我的心不願接受我不熟悉，或者不喜歡的事物的主要原因，對那些醜陋的、複雜的、想不透的人性與人間事，全會被我靈魂中那道厚牆抵擋，甚至排擠掉，譬如數字，我的反應永遠像個低能兒，二月三日星期三，我一定會記成星期二，三月二日星期二，我一定記成星期三，就連自己也弄不清為甚麼會這樣。

再譬如電器，這條線該接哪條線，縱使教我十遍百遍，我一樣倒接相反；讀書時，我唸的是廣播電視，廣播科考試分做播音操作與機械操作兩類，我竟然迷糊到播音拿全班男生最高分，而男生僅十來人，至於機械操作則是全班男女最低分。

我的抗壓性是否太單薄？還是因爲缺乏一路直前的勇氣，致使我很難爲自己的迷惑，找到靈魂的出水口？

來自容易迷失的心，致使我常常走在森林時，因爲喜歡四處走著看的慣性，雖然山路就這麼一條，不該走不回來，但事實卻相反，我經常心慌如麻地陷在如迷宮樣的意識裡，久久才恍悟來時路是怎麼個走法。

夏陽普照部落的午后，我獨喜歡就近走到樹林中，青翠黛綠的那羅山脈，給人一種清新舒坦的快意感動，每次走進樹林，我便回味著自己入林而迷失在林間的傻勁，我不聰明，也不想聰明，聰明叫實相成爲假相，不聰明則實相即是實相，雖然我的人生經常被自己埋入假相的虛無世界裡，但不聰明的想法卻讓我在不想爭與不會爭的等待裡，得到陽光。

這或許又是另一種我的自圓其說，不過從入山而迷失在樹林中這件事上，倒使我體會出找路的情趣，加上不經心，我易於在縹縹緲緲不可捉摸的山林裡，見識到生命更多姿貌，也感悟到爲甚麼我的心和靈魂裝不進那些我認爲的障礙物。

原來我極需要用簡單來平衡我單純的想法和單一的喜怒哀樂，複雜於我，如氣象圖上那些流來散去的高氣壓、低氣壓，將會攪亂我的思維，使我忽然從平靜的草原掉落到飄忽的山崖岩壁底，仰首不見天日。

被神祕的雲霧包圍的部落山林，難道不夠複雜嗎？樹林在霧嵐中隱隱約約的景色況味，猶似不好理解的人生路，充滿著不明的許多狀況，此時，混雜著詭譎與不安定的神祕，似乎滲進不可預知的刺激狀態，也隱藏著未明的死亡陷阱，我將如何面對？我又將如何從層層被虛無包圍的恐怖中，一夫當關，萬夫莫敵的殺出重圍，然後退卻恐懼呢？

這或許即是我喜歡樹林的原因罷，透過對神祕森林的認識進而對怯懦自我的認知，我終將明白，我靈魂中那道依存許久，拒斥性極剛愎的厚牆，爲甚麼難以拆卸？

其實，我早從葉隙下的綠光，得見一切原委了。

期待青春鳥

被動式的侵略性，導引心的躍動，
點燃實現美的企圖意慾。

期待青春鳥

雙魚啟示錄：被動式的侵略性，導引心的躍動，點燃實現美的企圖意慾。

睽違數月不見的那羅花徑文學步道，在春末陽光下，顯得沉靜不已。建造步道之初，鄉長原本打算把這條象徵部落文化發展的獨特風貌景觀，設置到其它村落，我因爲情鍾那羅，不疑有它的建議他非得以那羅部落爲重要據點：座落山谷裡的那羅部落，晨來陽光明和溫煦，使人神清氣爽，午后黃昏時刻，忽然嵐氣騰空，整個部落籠罩在一片迷霧中，形成一幅縹緲的山中水墨。

雖然其它部落也有著不同景致風光，可是那羅部落是我青春時期落腳之地，我的浪漫年輕時代，在這個充滿快速季節變化的地方，度過一段盈亮的悲喜歲月，青春於我，正如我與那羅之間的密切關係那樣，既寫意又寫實，所有我這一生離亂顚沛的生活，唯那羅清明與無懼的日子，使我永生銘心。

在那羅，雖然青春孤獨，我卻在那孤獨中玩味出震人心弦，不憂不懼的風采，這樣說，並不全然表示我已經能夠克服孤獨在人類身上，種種可能的寂寞和無助；至少我得以從泰雅族人樂天知命的情懷，見識到從容與快活的必要。

所以當鄉長決定在部落建造一條有著風雅景觀的文學步道時，我自然想到那羅的溫純、幽靜，以及她迷人的慵懶姿態。

建造之始，令我感到錯愕的，並不是我提議內容的強勢所趨，而是兩個人所關切的地點大不相同，我感覺到彼此之間對於美的態度不同，而我更不想讓留存心中，那羅部落悠悠風情的美，被埋沒在人們不自覺的無知中，頓時成爲失據的平淡；鄉長自然明白我跟那羅部落之間的臍帶關聯，使我驚訝的是，當時我完全不去思慮做爲一個地方首長，對任何地方建設必然的平衡考量與反應，便下意識藉諸許多我認爲合情的理由說服他，又像是逼迫鄉長就範一樣，說出一長串那羅與文學之間的相關性，鄉長最後同意文學步道落腳在那羅部落。

頂著春末夏初之際的亮燦陽光，重踏一趟文學步道，揭碑當時的影像不僅瞬息映入眼簾，也難以抹滅的滲進腦海中，吳念眞出奇的靦腆，古蒙仁的舊地重遊，劉克襄的田野視覺，蔡素芬的幽靜自在，都爲步道的恬適之美，增添幾許玲瓏景致，跟我一樣愛著那羅族人的林文義，因爲出國，未及參與這場文學盛會，成爲部落慶典的最大遺憾。

這條象徵青春風華的文學步道，在陽光肆意照耀下而發熱，卻也給了我親眼目睹著青春易逝的感覺；步道原爲一片荒蕪雜草叢生地，是族人前往五部落的必經處，是我在學校放學後常常出沒的空曠草原，我在這裡採摘過溪邊綠豆，也同時在溪裡讓學童敎會游泳，有時還跟著族人在田裡農作割稻。

那個季節，蟬鳴不斷，草原旁的樹叢裡，蟬聲嘶啞著我整個青春歲月無憂無慮。

青春不再回頭，當我和擔任部落觀光解說員工作的傻尬走在這條步道時，心底無端發出一股微妙的失落感慨，這或許是因爲一旦美成爲事實之後，我易於感觸的一種聯想吧！我看見文學碑上刻烙的青春字眼，以及讚賞部落之美的詩文，眞實的呈現在陽光明晰的碑石上，竟連連從內心發出不休的喃喃之語：「文學步道呀！你爲甚麼要如此不言不語的把我對那羅的青春挖掘出來？你非得如此彰顯青春已逝的悲憫不可嗎？還有，如果你所表徵的文學氣派，正是我對那羅始終不變的情意，請你告訴我，爲甚麼你要讓我的青春記憶，溜進那漆著紅字，一字一句鮮明的沉靜裡？你非得這樣折磨我易感的靈魂不可嗎？」

那羅部落的美，躍進文學步道碑文上的具體眞實，美已完成，我卻又矛盾的勾起自體傷懷的無限感觸，雖然我尚且無法確切捉摸出美的眞實意象，會不會如同這條步道所呈現的寂靜安然，不過，可以證明的事實，是我的青春果然在瞬間裡，緲無蹤跡。

陽光下閃爍文學光芒的八塊石碑，耀眼生華，偶爾從樹林裡輕拂過來的清風，使我眼角浮泛起一個高瘦身材的年輕老師，那個曾經走過吊橋，穿越草原，打算到五部落雲天寶家的憂鬱男子，正行走在春末夏初，天空萬里無雲的淡淡姿影裡。

那輕掠上空的靈鳥，可是我心中不時期待的青春鳥？

一邊喝茶

用情境磁力掌控環境，
很能自得其樂。

一邊喝茶

雙魚啟示錄：用情境磁力掌控環境，很能自得其樂。

我想無所事事過日子，我想要無所事事用自己的方式生活。

也許你會不屑的直陳我是否墮落到，已經成爲一個沒有志向、沒有志氣的人了，做爲一介男人，我理當認眞賺錢養家活口，理當坐在辦公室裡，日夜爲業務忙碌，爲遠大的前程奮鬥。就因爲過去忙不迭地爲生存而打理人活著的食衣住行，以及淨討那一口爲了活下去的飯食，不得不掏空靈魂與心思作賤生活，結果最後仍是一陣迷茫；所謂生存，難道就必須要如此不擇手段折腰乞食，沒一點個人存在的意義嗎？

說意義是沉重的壓力，如果凡事都得想及意義，不正表示我們仍舊活在被道德枷鎖的無法作爲裡？意義的解讀和說直話的講法一樣，都充滿無意義的荒唐；也就是說，你讓一個觀念不確定，思想不著邊的人說直話，那這種直話能聽得進去嗎？你何必爲這種未確定的直話感到憂傷，尤其更甚者，有些人總以「我跟你說著直話，是爲你好，要聽不聽隨你。」，我當然不聽，聽了沒有根據、沒有邏輯的歪理直話，只會氣死人，何必呢？

意義二字，何嘗不也如出一轍，跟直話一樣讓人覺得很多餘，很刺耳，是冒失的語言中，最沒營養的話。

我爲甚麼不能無所事事活著？早上醒來，我想聽林中鳥叫聲，便去，不必一定得先刷好牙、洗過臉，整裝待發後才能出門，部落不會有人在乎你今天洗臉了沒？爲甚麼非得每天洗臉呢？一天不洗臉難道就會死掉嗎？我可以用一杯咖啡濃濃的迷人香郁，替代牙膏的輕氟味，充當刷牙動作，有何不可？爲何不可？

所以我要無所事事對待自己。晚上的時候，我會一個人坐在房裡看許多書，看到人家以爲我不想活了爲止。這有甚麼稀奇，有人可以一整晚都坐在電視機前，把手上的遙控器按個不停，結果第二天上午不是一樣照常上班。

忽然很想狠狠擊破過去生活的制式模樣，在乎道德，在乎人言，以及在乎習慣的生活準則，都成爲存在的一大障礙，我開始問自己，這一生你是過著怎麼樣的生活呀！你非要用朝九晚五的標準模式，一直生活下去嗎？

在部落，我歡喜自己能夠依循「自然的想睡，就去睡；自然的醒來，就起床」的論調和實際行動，想見朋友時，便走路或請住在三部落的阿興開車過來接我到部落去，隨興說話與抽煙，隨意喝茶或喝酒，隨處走動和閒聊，想寫作，就打開電腦逐字敲敲打打。

這不會就是那個采菊東籬下的陶淵明式的生活樣貌嗎？眞好，可以一邊喝茶，一邊眺望山林綠波深濃似海的怡人景色，也可以一邊乘坐在傻尬的摩托車後，一邊心無旁騖的賞景聽風。正是，這一天上午，臨近中午時刻，我和傻尬兩個人共乘一部摩托車，無所事事的一邊輕車慢行，一邊悠哉游哉談笑風生行進在部落大道上。

那是我第一次在部落被人用摩托車搭載，一路從那羅一部落馳騁產業道路，上山、下陡坡，拐好幾個要命的懸崖彎道，到玉峰國小找黎錦昌校長。校園裡新闢詩人步道和竹音小徑的玉峰國小，曾是三十多年前，我在寒冷的冬季裡教書的地方，不過幾個月光景，我便因爲當兵而必須離校，離去時，班上學童因爲不忍老師就此告別，全都聚集在隆起的台地校門口相送，並不停對著不斷杳逝、身影已然模糊難辨的老師揮手，揮卡其色的衣服，又深恐我見不到大家的離別依依，整條崎嶇山路都聽得到他們空谷迴音傳來的「老師，斯卡也答」。

我跟黎校長談起這段陳年往事，說起在部落教書也可以做到無所事事的日出而作，日落而息的觀念。校長明白我的無所事事，其實就是隨興與適意，不須矯揉造作；人類若能確認這種來自大自然影響的生存哲學，能夠讓人的存在多一點風情，那麼，隨興與適意便理所當然可以成爲人快樂的本質，人活得自在的大原則了。

我到部落起居，就是想獲得這一份難能可貴的無所事事的原生質，千萬別以爲我的無所事事即是吃喝等死，我的無所事事即便工作，也該要有一份隨興情和適意心的啦！

鯝魚淚

脆弱的心靈自性，
像易於落淚的魚。

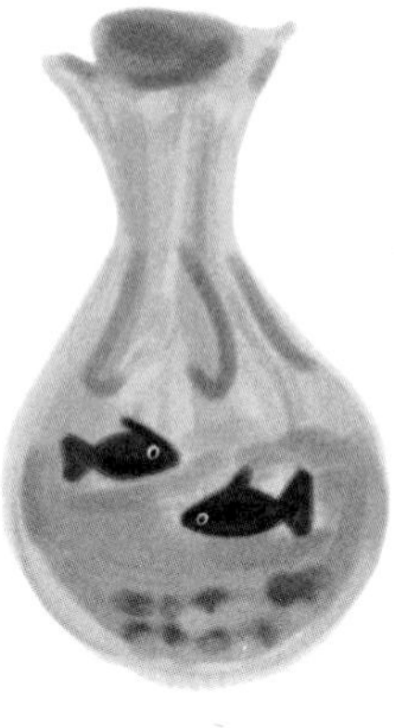

鯝魚淚

雙魚啟示錄：脆弱的心靈自性，像易於落淚的魚。

幾個部落的護溪隊員，我在晚上陪香兒聊民宿事業經營時，才相互經由介紹認識，一部落青蛙石民宿是這支大自然保衛隊員必經的重要隘站，流經民宿前的那羅溪，正巧在這彎道上形成一口葫蘆狀的聚水區，溪水清澈見底，洄流的保育鯝魚，匯集這兒成爲一處水窪集中處，陽光下所見魚兒，翻身戲水時閃爍的光耀，果眞如部落人形容的「河裡的星星」。

溪畔橋下正巧又有一塊小平地，遊客拿它當露營地，戲水之餘，習慣順手取來網魚竿，無視溪邊告示牌禁止捕魚的公告，逕到溪裡撈魚戲耍玩著，白天如此，夜半時分更囂張，一人或二人明目張膽潛入闇無人影的溪境，私自使用電魚，破壞族人長期保育的辛勞成果。

從青蛙石民宿，可以清楚瞧見溪邊遊客的舉止動作，這一天，當我認識這批護溪隊員時，很想也能加入他們的隊伍，陪同嚴格執行起如勇士一般保衛家園的任務。

護溪隊員是從部落居民中精選出來的勇士，義務職的工作，日夜輪班，每個人身上配置有巡防裝備，儼然一支英勇的部落戰士，我喜歡這些人義不容辭的應世精神，爲了家園，爲了河流，爲了鯝魚繁殖，甘心夜半溪邊獨立巡狩，直到天明。

「沒了山林，沒了溪河，我們泰雅族便什麼都沒有了。」鎮西堡部落的阿棟・優帕斯曾經說過這樣一句重話。

而我甚麼都不是，我在部落不過是個暫時的過客，只是爲了逃離靈魂枷鎖的束縛，來到部落避重就輕，尋求精神解脫的渾小子，這和以邱文榮爲首的護溪隊相較，我如撥開春日清晨中漂浮的潮濕霧氣那樣，空洞不實，這樣的人，我如何拿出戰鬥力去執行夜間護溪的重責大任？

晚間時分，幾個隊員和我一塊站在民宿前庭望著溪河動靜，隊員操著泰雅腔的語調，滔滔不絕敘述前些日子，某個隊員為了執行任務而和電魚的漢人起衝突，隊員寡不敵眾，終被圍毆受傷的歷歷過程。

「河流的魚是老天給的，你們憑甚麼管？」阿興傳述聽來的當時狀況，他描繪這群漢人說的話：「大自然的東西，誰都可以獲取，你們管太多了！」

長得斯文秀氣的香兒可也是隊員一份子，沉默如他，也氣憤不平開口說話：「這些人真可惡。」

可惡之人豈止讓人氣憤便了，即使自然之物，該也物有得理與不得理的分別心呀！

眾說紛紜之際，一時間使我訥而無言，我的緘默，愈加被自己解釋為怯懦無能，我大概習慣拘泥於自己一方清雅的小小世界，淺薄的經驗意識，反而無能為大家的談話，提供任何有力的協助意見，何況濫殺保育魚的人同我一樣是漢人，人同此心的意念，左右著我對於漢人這種不恥行為，產生強烈同仇敵愾的厭惡心理，順口說道：「漢人的無恥，眞丟臉。」

隊員們聽見我脫口說出的話，忽然笑出聲來，彷彿我這突發的支吾其詞，顯得很詭異似的，不禁讓我態度輕鬆不少。

當然，我個人也因為這事件而對這支義務性的護溪隊伍，越加讚佩不已，我明白護衛溪河的保育工作和保衛家園，同樣都是屬於部落勇士的神聖神命，不論一尾魚、二尾魚，都具備優越的，對萬物生靈的敬重。

這不就是泰雅族歷來對賦予他們生命精靈與生活資源的大自然，最高尊崇的傳統信念嗎？

我想起某次聚會，年輕有為的鄉長面對一群媒體人說話時，提及當年部落群山裡的櫻樹，在短短數年間，因為鄉人一時無知與大意，加之疏於照料與關切，而被山下漢人大量掘走時，竟不自覺落下感傷淚水，鄉長的清淚，滴落對故鄉家園的念眷之情，使人動容起來。

而現在，當護溪隊員爲了溪裡自由來去的鯝魚，獻出每個人護衛家園的勇氣時，我依稀見到溪中的鯝魚，也同樣落下暖意深重的清淚，滴滴穿透那羅溪水的潺潺嗚咽。

勇士唷，我猶自記住，這是泰雅族男人至尊的凜然英氣呀！

那羅漂流木

若即若離的孤獨，
在寂寞與不寂寞中存在。

那羅漂流木

雙魚啟示錄：若即若離的孤獨，在寂寞與不寂寞中存在。

我要說的孤獨，並非指喻著形體孤寂的那種孤單，我的孤獨寫在靈魂漂流，無岸可棲的憂鬱沈淪上。

這份確信爲孤獨最主要的元素，是因爲我不曾忘記憂鬱，我喜歡憂鬱可以不必經由推理或者研讀，便能使人明白，人其實是孤獨的，孤獨才是我心中最美的神祇。

別以爲孤獨之美，隨意伸手即可獲得，我讀三島由紀夫的《金閣寺》，讀到作者描繪金閣寺「請妳告訴我，爲甚麼妳會那麼美？爲甚麼非那麼美不可？」時，心底即刻湧起濃濃的孤獨況味，是孤獨，絕對是孤獨風韻讓金閣寺形成無可匹敵的美的意象，錯不了的。

作者寫道：「眞實的金閣雖然那樣令我失望，但回到安岡村之後，它的美，卻又開始在我心中復活，並且與日俱增，比尚未目睹前的形象更美，然而，又說不出它美在哪兒。這大概是因爲由夢想所培育出來的東西，一旦經過現實的修正，反而更能刺激夢想吧！」

眞實的金閣寺，我曾數度參訪，親眼目睹夏季與冬季，它所呈現夢幻般的孤獨之美。當作者透過主角在書裡提及金閣寺之美時，又如此形容道：「月亮從山的那邊昇起，金閣寺周圍浴滿淡淡的月色，撒下靜穆、折疊的暗影，只有究竟頂的窗牖瀉進月影，究竟頂四周通風，使人覺得好像那朦朧的月亮就住在其中。」我深信不疑，作者之所以對金閣寺做如此貌美的描繪，必起源於金閣寺即是孤獨的化身，金閣寺若不是孤獨的存在，便無法彰顯寺院四周的美色景致，更無法讓作者信手拈來，揮灑出金閣寺所代表的生命意象了。

所以，作者又說道：「我已不再在觸目的景物中，追求金閣的幻影，但它的影像，在我的腦海中更根深柢固了，那一根根的樑柱、華頭窗、頂上的金鳳凰，好像是伸手可及似地浮現在我的眼前。它細緻的內部和複雜的全貌，彼此相互照應，只要取出其中一部分，整個金閣的全貌就會響起來，這正如我們只要想起音樂的某一小節，全樂章就會自然流露出來一般。」

金閣寺的孤獨，我讀到；三島由紀夫對孤獨美的極致描述，我也讀到。

我正喜歡著孤獨，孤獨也正圍繞在我靈魂四周，使我完全不懼的進入生命最安全的境地，這個看似多情卻無情的世界，有甚麼東西能像孤獨這樣讓我安全進駐呢？

我不曾懷疑孤獨所表徵的美，即是生命最美處；也未曾疑惑美生來即在孤獨之中。

不孤獨的美，何能稱之爲美？美不孤獨，便失去特徵。

這樣想來，我在荒涼的那羅部落，雖然獨自面對生命曲折帶來的萬般苦楚，卻彷彿因爲孤獨而使得生命豐沛起來，那形單影隻的不適模樣，由於孤獨延伸的深邃，不僅被適意調和了，並且增添一個人自在的風采。

我不想費心探究生命諸多繁複問題，也不想在愛或愛情的分別裡，晃頭傷神，更不想在人性可以忽而變化的莫奈闗聯裡發昏，惟其孤獨便是靈魂最好的潔癖。

若我不做這樣設想，根本無法從孤獨的深淵裡，得到孤獨不可思議的本質現象，而我是否該同一般人一樣，爲孤獨感到悲哀，爲不明的孤獨選擇成爲寂寞的俘虜？

如果我因爲害怕孤獨，而唾棄孤獨、咒罵孤獨，這是否意味著我被自己不當的，因襲孤獨的偏見，而矇蔽自我？

我寧換個角度思考孤獨之於我的心態問題，說得明白些，就是我不願意將意識形態的孤獨和出自欲念本能的寂寞混淆在一塊，我只是將孤獨的生命性美化罷了！

我在部落生活的孤獨面，其實正是我想要的那種生命狀態，爲了避開已然厭惡的語言聲音、叫囂聲音、吵雜聲音，我幻想著讓自己進入孤獨精神裡層，然後回到原始的自我，以孤獨燃燒疲累的心，讓這種無盡抽象的燃燒意味，使我殘存在靈魂之中那一點點剩餘的勇氣，做爲活下去唯一的理由。

這正如那羅溪上孤寂的漂流木，載著孤獨流向遠方。

煙水

平靜中的自憐，不斷在矛盾與不安中，
延伸追逐寧靜致遠。

煙水

雙魚啟示錄：平靜中的自憐，不斷在矛盾與不安中，延伸追逐寧靜致遠。

旅行跟人生行旅何嘗不一樣，際遇中充滿相對的機緣和機會。

一時離開那羅部落，來到中部，我選擇清晨起來，利用難得機緣，一個人在日月潭邊，無所事事走著，我喜歡這種不須擔負任何牽掛的平靜心情，獨自在湖畔看晨間薄霧輕飄，遠山朦朧變化的自然景觀；說是景觀，這口名震遐邇的水潭，果然在清晨時刻，因爲不知不覺罩上一層迷濛水氣，而使整個湖面，展現飄緲的浮動粼光，宛如潑墨山水畫，在典雅捲軸裡不斷延伸令人讚歎的山水英姿，充滿清新的玲瓏之美。

我是愛這清晨的淡雅，還是愛這湖邊眼前滿色景致帶來的愉悅美感呢？我不是寫詩的詩人唷，我無能引用石上聽水聲，浩浩潺潺，粼粼冷冷，恰似一部天然樂韻，來形容我站在潭邊，誦讀這片山水景色的玩味眞賞；如果我是山水，即便只是湖畔一棵老松或者忽然從水面掠過的雄飛鳶鳥，尙仍疑有湘靈，我即是山川風月的詩人。

可是我甚麼也不是，我不過是一時興起，被日月潭清晨無風濤的輕風鳥鳴喊醒的過客，我沿著輕風吹拂而來的方向，順著平靜異常的心情，散步到湖邊小山坡地上賞景的某個異鄉陌生客。

日月潭水無風濤，我的心地亦無風濤，隨在眼前都是青山綠水，遠處石及的德化社、慈恩塔或玄奘寺，性天中有化育，都在觸目裡成爲我眼前一幅空山聽水的畫境。

我如何能不坐沉勝景，消我情腸，任他今朝碼頭堤堰的扁舟，欣看水波翻銀，朝霞勃然昇起的煙雲閒夢。

堤堰邊有人臨流曉坐，煙火披斜裡，執竿垂釣渡船頭。

可見日月潭的夏空迷濛，我猝然想起某年旅本琵琶湖畔的夏日風情，一樣花香暗度，一樣弄殘夏陽的清晨，我獨自一人迤邐在心潮低落的湖邊賞景，迷霧輕飄的琵琶湖邊，得見有人依坐木楊樹下，清幽垂釣，這座臨近湖岸叫「彥根城」的小名，城下築一處仿唐朝後宮而建造的「玄宮園」，則是我喜歡的一泓碧水含空的幽堂綠園。

晨村無人語，我在彥根城旁的湖畔見這垂釣人，靜默無語，山霧江雲間一聲夏樹，分付清風，消不得我心底葉影飄流一湖煙水，美如歌板。

我本不識琵琶湖畔這陌生垂釣客，就像不識日月潭渡船頭這兩足復繞夏水輕悠的年輕釣客，卻儼然如見永州寒江獨釣的寫意情境圖，一種心嚮往之的快意油然自心升起。

悄然趨身走近陌生垂釣客旁，琵琶湖青林古岸、西風撲面，但不見披蓑頂笠，這陌生垂釣客，執竿在手，不動如山，見我如不見，不見似如見，形貌安然專注的凝視未興水波。

我就近坐到離他約莫五公尺處，靜心勿擾，深怕驚動水底游魚，他依然圓石獨坐，虛實昔辨。我的好奇驅動我欸乃不已的閒夢心情，在筆記本上寫下「獨釣琵琶湖？」五個漢字，試圖以此打開話題，這人輕瞄一眼，看他似懂非懂的用我的筆在「獨釣」二字上畫圈圈，像是不解其意的搖了兩下頭。我想不出有任何更能傳達這兩字情境與意境的漢字同他交流，索性將「獨釣」二字改寫成「釣魚」後，這年輕日本人彷彿瞭然其中意思，點頭微笑示意。

樹蔭流影下，我獨沉默在湖畔，心雲相逐的坐看垂釣客煙水前清心無爲。

可是這「釣魚」與「獨釣」的深刻境界，豈爲一字差別？

一字差別，意象全然不同的記憶存留心中許久，這次，當我臨高站在日月潭邊坡地上，見渡船頭這年輕釣客，表象悠悠神色中，略帶不安的急躁舉止，顯然釣鉤懸空，竹簍無魚。

釣魚，釣魚，釣不著魚即不叫釣魚，那「獨釣寒江雪」的意境可不是這樣傳述，釣魚如釣心，獨釣裡顯見人的心勢氣魄，垂釣者如何能以可見的魚比擬做為不見的心靜，為釣魚的最高目的？

我見潭對面的德化社，在晨霧逐漸從潭水面上消逝，而愈加明晰起來時，亮眼的彰顯出山居部落的點點晨光，這邵族的聚落，正一步步從輕風中甦醒過來，而我呢？我是不是也從觀景中醒眼過來了呢？這時，尖石泰雅族的那羅部落，是否也已從點點晨光裡醒過來呢？

渡船頭釣魚的年輕人收拾起錯置在搭船板上的釣具，悻悻然壓低頭上的鴨舌帽，起身離開，頭也不回的讓日月潭千萬幻化的清晨霞光，兀自與潭水交糾成使人氣壯的綿纏景致。

釣魚如釣心，洗手如洗心，就像觀山水如觀心，我在清清水沙連的潭水邊，看見清晨的湖光山色變化，像極了生命無常變幻的速度，我只得與晨風共坐煙水悠然。

而這偶然拜訪的逐鹿清潭，是不是也和我有著一樣想法，一旦做不成風光詩人，拿詩文頌揚這意氣相許的美景，就當獨釣明潭的閒雲歡喜人，也罷！

閱讀春光的天使

緩慢的情緒自覺，
沉澱高貴的精神領域。

閱讀春光的天使

雙魚啟示錄：緩慢的情緒自覺，沉澱高貴的精神領域。

春日午后，去過一趟台北敦化南路。

我確信生活在台北這樣一個充滿多元文化的大都會裡，實在很難自辯適應的能力，究竟可以到達怎樣程度？我並不驕傲於當外地朋友讚揚住在台北是多麼方便、高貴，以及台北擁有盛開怒放的許多文化活動時，我會憑藉這小小的讚許而斷定自己對台北既有的獨特心情。

只要台北或我心情中某一個念頭起了變化，那麼，台北和我存在的相識狀態，絕不會只是像外地人用觀賞的眼界看台北那樣，充滿朦朧不清的假設繁華；其實我是不希望變化的，仰賴這種不想變化的心情，一種像是妥協，又像是融和的交替生存，使我在台北生活了數十年的日子，逐漸嗅出不希望變化而產生的，期待平和的快活感覺。

任何平和的需求，都有它成爲生活在都會的城市人，內心底層極度渴念的自覺，實際上，當大多數台北人處在快樂與不快樂的擺蕩間，試圖爲自己尋找有別於鄉間曠野飄瀟的另一種豁達時，我心裡面所寄望的清心快樂，則在被要求忘卻變化所帶來的不安，以及我幻想中的寧靜台北，執意要我放棄那種輕飄飄的，不切實際的抒情妄想，我即開始用一本正經的心境觀照變化多端的台北。

不必以爲不去照鏡子，便見不著自己的眞面貌；突然間，當朋友約我在敦化南路上的誠品書店門口見面時，我在來往進出的人行間，映見這些陌生人澄明的笑容，以及充滿自在與自信的飛揚腳步，這種具有感染性的輕快心情，令我感到韻味有致。

相約誠品書店，是台北人獨特的約會景致，那是一種象徵喜悅的快樂構圖，假定聰明的一種精密顧慮；說是精密，誠品書局敦南店的外觀與內置，讓台北人不期然擴張出快樂的曼妙氣質，那是發自內心，追索寧靜知覺，一場如賞景般的華麗自覺。

春天到誠品書店二樓喝一杯濃醇的咖啡，暖暖的心靜奢望，令人覺到存在於台北的極深壓抑，忽然襲來幾許難得有過的亮燦念頭，甜入心底。

也只是一杯咖啡而已，春天的誠品或者春天的台北，很難理解春陽悄悄地從敦化南路的苜蓿草甦醒，閃閃生輝的清新璀璨，呈現濃淡不一的鮮明街景，像是今天才見過的第一次景致，無限張大的輕快心情，緊緊貼在這條台北多樹的街道上。

我眞的不想再對這種亮麗的街景保持沉默，一條街，滿佈春陽的敦化南路上，有一間叫人賦閒喜悅的雅致書店，而我正專心一意的從原先的沉默中急欲大叫出來，很想喚它幾聲：春天到美麗的書店，顯得有些奢侈；若要讓我更能怡然自得，不如進入二樓書店，那個擺書萬萬册的空間裡，去強烈感受春天才是眞正好的讀書天。

春天的誠品書店像是一座春陽溢百花的閱覽室，我見到許多人，老的、少的，彷若不分你我年歲多寡，逕自漂浮青春或滄桑的坐姿、站姿，依在書店各個角落，低頭專心看書、專心追逐眼睛裡多彩多姿的圖文世界；他們的眼睛彷彿透入書中的文字精靈，翩翩飄散著冷峻的專注神情，這個印象深刻地打動我的心，如果按照他們的表情看來，我的確很想擦身低頭去探一探這些看書神情十分愉悅的人，究竟手中乾坤掌握的是何種智慧？

春天蹲坐在誠品書店亮澄澄的咖啡色木板地上，翻書、看書，看出春天既莊嚴又隱約羞澀的騷動，這無疑是台北愛書人的一種儀式；台北人超愛到誠品書店閒坐雅興，而那種與春天有約的浪漫情懷，竟是如此安安靜靜的深入到書店走道兩旁。

到書店約會，不就是來看書、買書的嗎？噓！小心走路，別嚇著走道旁正專心看哈利波特的男孩，他喜孜孜的笑顏，彷彿屋外散不去的春陽一般，讓人看了不免心生妒忌，直想問他，春天看書眞有那麼美好嗎？誠品的哈利波特果眞特別嗎？

春天的誠品書店悠閒得令人無法支配心情，無法不想從束縛中急急跳脫出來，然後快快樂樂躍進書堆裡的多樣世界。

那是雙魚的三月天，我躡腳踩在喀喀輕響的木板上，在誠品象徵著美學與藝術組合成的書園走道上，竟有一種孩子氣般神氣活現的優越感，一種毋須經過雕琢的精緻心情美感，我不禁感嘆春天的書屋，也能滿溢如此調和的心境之美。

「怎麼樣？翻書、看書，卻不一定得買書，偶爾也能看出品味吧！」我心裡想著，莫非老早前，誠品便將書籍的萬紫千紅隱藏起來？

我見到文學區書架旁，一位年輕母親和她年約七、八歲的小女兒，依偎在櫃子旁，輕聲細語相互交談一本童書的內容，既然母女心繫閱讀，可以成爲一種不置一辭的平和之美，我當然樂於幻想這個春天的氣燄，不僅給人鮮明的放懷姿影，同時在穿越台北人追索悠閒生活的願景之際，我在這一對因共同閱讀而散發出喜悅之氣的母女身上，見到循隙而來的微細春光，溜過誠品堂奧，大刺刺撒進台北玲瓏雅致的敦化南路樹道叢沿邊。

誠品因書而美，實則誠品書店的美，照映台北的春天，有淡淡的麥田香，有九歌、洪範與爾雅的恬適，也有墨刻濃濃的旅遊況味，我站在日本文學區環顧誠品書店，不意感受台北的春天，因村上春樹的作品層層疊疊排落在書架間，因幾米繪本中生動的地下鐵線條，因人文講堂的文學風采，而整個明燦起來。

花心戀

愛得過火的花心情懷，
彩繪情意成心中畫。

花心戀

雙魚啟示錄：愛得過火的花心情懷，彩繪情意成心中畫。

乍聞春天到來，我便迫不及待登上錦屏國小近百級石階，氣喘吁吁走到多年前我手植的山櫻樹下，探望今春的櫻樹可開花了。

結果沒有。

早來的春光，鳥兒止不住的歌唱聲，害我心裡老期盼著春風捎來和暖氣息，也好藉這個機會上到國小校園前庭，與久違的櫻樹寒暄這一季春，爲甚麼遲到，爲甚麼今春格外眷念櫻花開否？三十四年了唷！這棵櫻樹猶似橫渡歲月之河的美麗小舟，繫住每年春來時，滿樹紅櫻的繽紛記憶，一朵朵紅心櫻瓣，像部落黑夜裡昇起的月亮一樣，成爲我許多記憶之中，最爲明燦的象徵。

那盛開紅花當兒的枝椏，長滿滿鮮嫩綠葉，春陽下的這些綠葉，閃爍澄亮光澤，輝映整棵櫻樹，呈現無與倫比的眞實美景；這不是夢幻，在變動不已的年代，眞實的櫻樹，靜靜屹立在這座我曾經遊走教學的校園，刻劃著三十四年春來秋去的飛翔興味。

是時間哪！時間從三十四年前那頭溜了進來，溜進一個十九歲翩翩少年的青澀情懷，青春心事似羽翼，才剛剛撲拍幾下，時間又從三十四年後的這一頭溜了出去，溜進少年一段浪跡天涯後的黃昏生命裡，而櫻樹花開依舊，年年春一到來，便映豔著一顆顆粉紅苞蕊，掛在枝頭，迎風搖曳，搖出這個翩翩青年紅塵髮白，嘴裡叨唸著：怎麼花未開？怎麼花未開？

果然花未開，不由得使我整個心慌張起來，我向工友借了張小學童的椅凳，坐在這棵櫻樹下，吹春風，想春風，想許多年代，我來樹下見這棵櫻樹不同的風姿英氣。

如果十年前的這棵櫻樹，存在著記憶，必也存在著美麗；如果二十年前的這棵櫻樹，存在著回憶，必也存在著璀璨；如果三十年前的這棵櫻樹，存在著生命，必也存在著我小心翼翼的呵護。

如果一年前的這棵櫻樹，存在著我的想念，必也存在著哭泣。

去年此時，我和達利、阿興，還有巴度，坐在這棵櫻樹下，喝酩酊的春風櫻花酒，喝到我的記憶串成一顆顆晶瑩淚珠。

櫻花樹下飲春酒，令我聯想起某一年在日本伊東，在琵琶湖畔的彥根，跟某個愛戀的人，蒼涼的悲情之旅。

那是一次憂傷的自助旅行，我們從關東地區一路乘坐電車，到橫濱，到伊豆半島，賞遊相模灣的海天景致，以及燦爛花火節的異國夜色，再從熱海經由寬闊藍天的琵琶湖到京都和大阪，不留情的讓旅途中的恩怨成愁。

每一趟短暫的車程轉換，迫使我在追逐對方迷離美的歷程中，嚐盡失落，失落的愛戀情愫，叫我眼前所見的窗外景色，充滿何等陰沉況味，我懷疑自己在追逐美的過程，一如追逐等待死亡來臨一般，沉重得難以引起共鳴，不止一次問起自己：爲甚麼你獨獨愛戀著這種反常的迷離美？爲甚麼在愛戀過程，你顯得如此苦澀無依？

一趟愛戀美的追逐旅行，充滿了濃濃灰色基調，我一邊讓自己在灰色的思想裡，躍起朦朧的兩人關係，更一邊在悲愴中，呻吟著不成調的寒心之旅。

遠離鐵道，遠離相模灣熱燙的溫泉之旅，電車好似無情的死亡列車，轟隆轟隆碾碎我自嘲的美麗夢幻。

伊豆半島的夢幻眞是遠去了。

忽然，我聽見一陣刺耳的擊鼓聲，從校園一角傳來，鼓聲擊碎我坐在櫻樹下想見無法回轉的伊東往事，正如無法回頭的櫻花舊事那樣，我站起身來，喊著：是誰擊鼓的。

巴度從音樂教室嘻皮笑臉走了出來，是我啦！他說。

巴度來了，達利來了，阿興也來了，可是今春第一朵盛放的櫻花仍舊未開，我決定不再等待，等待讓我跌碎一心期盼，正是這樣，即使誇示著我內心何等期望這久違的櫻花，能夠爲我解開感情俘虜的繩索，櫻花還是不會因爲我的期盼，提早花開。

別再癡情等待，喝酒吧！喝一杯讓心暖和的櫻花酒，說不定早春的櫻花，忽然間一朵一朵綻放眼前也說不準唷！

而我，還在等甚麼呢？櫻花盛開？還是等待一段回不來的迷離舊戀？

因爲愛戀，所以離開

分不清愛情與世情，
最後只得選擇痛不欲生。

因為愛戀，所以離開

雙魚啟示錄：分不清愛情與世情，最後只得選擇痛不欲生。

我相信我是眞的愛上這個人了，不然爲甚麼每次腦海浮現這人的身影時，我的心便好似得了重病一樣，湧起一股無法明喻的哀愁，那滋味一如沒法擺脫的魔障，又像淡淡的沉悶壓力，兩者結合形成我不想多言語，只想著胡思亂想的靈妙悸動感覺，這種從靈魂深處不斷升起的急躁情愫，令我的心感到微微苦澀。

是甚麼因子驅使我產生這種不尋常的衝動？看來，我像是被一股莫名的魔力懾住，說不出這股魔力究竟具有何等龐然的爆破力道，顯然它一直潛伏在我靈魂深處，某個不明角落，伺機等待引爆。

從未有過的詭異感覺，我遍尋不著這個引爆源頭，到底藏在哪裡？卻整個人感到前所未有的混沌，一種不可思議的燒灼現象，益發濃烈地在體內燃燒起來。

認識這個人之後，我原先單一的生活步調，竟在短促裡方寸紊亂，向來令我沉悶難堪的情感生活，開始熱烈地讓思念充塡整個心房，我渴望每個星期六下午能和這人見面，因爲唯有這一天，我才得以異常想念的心情，熱切而喜悅的在這個兩人約定的時間看到對方。

這個人的容貌簡直是美學化身，充滿無可比擬的優越氣勢，正是這種深具特質的優越，吸引著我想深進對方內心，探索充溢美質藝術象徵的奇特感動，從而在玲瓏的美色裡，想見耀眼青春下，被高擎的愛情奢望。

我不知道這會不會就是我的無知所展現出來的熱切盼望，我本能地期盼這種使人醺然欲醉的青春逸趣，能夠爲我平靜而缺乏動力的生活，如宿醉般釀製一發不可收拾的迸裂，然後，讓血液奔騰著如部落瀑布傾瀉一般的嘩啦急流。

說得坦白，我會因爲不停思戀和這個人見面，而讓美的意象，狂熱的在意念裡四處飛行。

我相信一定有不少人狂戀過這個人，憑藉一張動人的美貌與深沉優越的氣質，這樣的人，如何不令人心生妒忌？但對我來說，從一開始無意間的認識，我便以一往情深的觸動，對這個人產生熱烈的沉著好感，我開始愛上這種不經思索或理智判別的無缺幻象，雖然我知道這種不理性的念頭，將會深刻地把我衝動的愛戀情愫，導引到精神上的暈眩地步，但我仍不疑有它的讓自己陷入到不甚理解的情戀之中。

這究竟是甚麼形式的愛戀？會是純粹精神層面的愛情？還是難以細述的不尋常情愛？

一時迷亂的動容愛慕，連我都無法解釋，我跟這個人的情意關係，何等微妙！

因爲思念，因爲時刻想見那張透著使人迷離的好看臉孔，我的身心日來交雜著解不開的眷戀枷鎖，要說這是思念引起的甜蜜疼痛也可以，要說是放肆的情愛激戀也無妨，反正我知道那股魔力始終沒有遺棄我，它一直在我靈魂深處蠢蠢欲動，叫我的胸口一再堆積卸不下來的愛戀慾意，但有時卻又像層層積雪一樣，使我的暈眩得不到解脫。

積雪的感覺一旦深重起來，這時我才發現，其實我早在不知不覺中，掉落到對美貌迷戀的憧憬裡，僅僅只因爲貪戀美貌散發的魅惑，我竟渾然不知這種充斥危險情愫的愛情，隱藏著未可預知的變動顫慄，也即是說，在我不見的狂戀背面，恐怕早已滲雜著許多不明的個人私利，以及謎樣感情不可捉摸的情變因素，我萌生警訊，一心念著是否仍想保有對這個人持續不變的愛戀？

我確實難能分辨愛情的驚人力量，到底在我心中已然囤積多厚？或者該這麼說，對於這種滲雜著利益瓜葛的愛情，我要是不要？如果不想在乎世俗的見解，或是世俗的眼光，也許這恰爲一場可以動心動情的極致愛戀；可是如果背地裡所隱藏的，確實充滿我無法覺察，使人心灰意冷的利益衝擊，那麼，想來我是沒有能力去應付這種表象之外的晦暗行爲了。

瘋狂挺進到愛一個人的強烈渴望，以及愛戀苦澀的美感，然後在頹廢而盲目的愛戀過程，又墮落到瀰漫著悲情意識的累累傷痕，最後竟在毫無能力面對的危機裡，茫然無著的以畏縮姿態一步步潛出。

情唷！我譴責自己分辨不清世情、愛情，也分別不出愛戀與戀愛的差異，關於那段爲時不短的迷幻愛情，雖是我感情最眞摯的時刻，但也是最脆弱的時候；我想，還是退回到那原來隱晦的最初角落才好。

因爲迷心愛戀，所以我必須離開這個人。

淚雨慢慢落

同情弱者與憐憫之心，
經常在感動中翻滾不定的情緒。

淚雨慢慢落

雙魚啟示錄：同情弱者與憐憫之心，經常在感動中翻滾不定的情緒。

我究竟是一個怎樣的人？三月春天，雙魚星象出生的人，我爲何一再懷疑自己是個怎樣的人？

時常問自己：你是誰呀！你從哪裡來？你將往哪裡去？你將在這裡逗留多久？

坦白跟你說，我生來即是個容易感動的人，淚腺發達，當觸及到感傷處便淚眼汪汪，一發難以收拾；難道這會是魚兒的本色？傳說中，所有池子裡或海裡的水，不都是魚兒哭泣的淚水匯集而成的嗎？水呀！淚啊！愛哭的魚，究竟所作爲何？

如果我是那魚兒，我是每天逍遙自在的悠遊其間？還是日日夜夜泣著淚水，爲莫名的感傷不停哭泣？或者，我只是沒有任何目標與方位的一往直前游，游向死亡盡頭？

人們喜歡暗自查問死亡的原因，卻沒人去探尋生命的神聖源頭。我是誰？我爲甚麼會出現在這裡？我究竟能在出現的所在地做些甚麼？如果我眞是一尾悠遊的魚，我是期望自己含著不停淌流的淚水，游向不知不明的死亡盡頭？還是願意在探尋生命神聖的源頭，急流而上？

大海笑我癡，笑我只會以淚洗面，日夜與憂傷爲伍；陽光笑我傻，笑我只會躲進海底深溝，藏到不見天日的礁岩底下，暗自神傷，落落寡歡地在毫無方位的汪洋中，不由自主閒蕩，然後虛無的從嘴裡吐露：我是自由的，我要自在，我愛自如的空虛語言和生活。

這就是人們口中的魚兒嗎？永遠弄不清方向的魚兒嗎？永遠用淚水濡抹

日子的魚兒嗎？

我向嘲笑我，譏評刺傷我的人發出會心的微笑，我向頌讚我的人發出會心的微笑，我始終在水的潔淨與至福中，尋找快樂。

快樂或痛苦，平靜或焦慮，是我擺蕩在生命通道，不平衡的何去何從。我念念不忘追求寧靜，在寧靜中，萬緣皆寂，不至受到干擾。

第一次讀年輕詩人許悔之《家族》詩作中〈弟弟的沙灘〉一文，淚眼模糊，多年後重讀，我依舊淚水不止，是易感的心掙脫出不被遺忘的多愁善感，還是永遠無法厭倦對於感人肺腑的故事，眞摯的感動心？奇妙的情愫，感性凌駕理智於一切之上，竟會是我一路行來的最大束縛，美麗的束縛呀！沒了這樣易感的心，我如何成爲大海中自來如意的魚兒呢？

悔之在這首詩裡，如此寫道：「……待在台北的第八年／我在這裡落了籍／每天塞車上班／努力賺錢繳房屋貸款／有一個微醺的清晨／月亮左顚右倒／不小心，我又看見那片沙灘／在防風林中弟弟的腳底／被銳利的玻璃片割傷／他沒有叫痛／他只是說，哥哥／哥哥我們回家……／我背著他／還有我們的童年／慢慢的走回家」。

我被這樣的情節感動，我被詩作裡文字傳達的眞摯情感擊痛，感傷不斷傾流我喟嘆不止的哀戚，這是我平生自然萌生隱痛的一種表達方式吧！不知爲甚麼，悲情橫溢的感性世界裡，我簡直無法抗拒使人著迷的眞摯情誼，文學作品如此，電影戲劇如此，眞實人生裡悲壯或悲淒的故事一樣如此，你就不要再問我，爲甚麼會這樣，不哭不行嗎？不感動不成嗎？

爲甚麼不感動呢？自從迷戀感動以來，每當遇著可以動容或動心的事件時，我自然而然的會閃躲到事件邊緣，我開始害怕我的感動將會造成我靈魂更大傷痛，但避而不見反倒加速我想像空間更莫名的哀嘆。

就像我看戲劇，看李喬原著改編的文學大戲「寒夜三部曲」，雖然不諳客家語言，卻被故事中貧窮歲月造成的時代悲劇影響著，邊賞戲邊泣淚；就像看同樣改編自白先勇著作《孽子》的文學大戲一樣，我被飾演李青角色的范植偉深切的表演藝術打動，被故事中描述同性之間，撕裂般感人的愛恨情仇感動，淚雨慢慢落。

所有被叫感動的故事，在我眼裡都是可以理解的生動元素，這該是這個世界最美麗的色彩，也該是這個世界最值得珍惜的至福人性唷！

人生是夢，在夢中，我們倍嚐快樂與痛苦；夢醒時，我們知道那快樂和痛苦都不是眞的，便不會對夢中的快樂和痛苦感到興奮或沮喪。喚醒我們的不是那夢，是那感動的意識。

所以，我樂於在大海中盲目悠遊；盲目或悠遊，不過是一種自淨其意的解脫方式吧！

我的靈魂得了憂鬱症

高等自性與低等自我，
不斷壓迫靈魂成憂鬱病症。

我的靈魂得了憂鬱症

雙魚啟示錄：高等自性與低等自我，不斷壓迫靈魂成憂鬱病症。

隨著春聲來臨，春雨開始肆意出現在我焦慮的生活中，冬季裡明明期盼春天快些到來，可是這忽然湧生而至的綿綿春雨，滴滴落落介入春的範圍，使我逢到春雨絲絲飄落，便整個心情毛毛躁躁，然後又突然張大成無邊無際的虛空感覺，一顆心直直沉淪下去；如果再加上要冷不冷，忽冷忽溫的春風吹來，我的情緒即低落得像冬季過境的冷氣團，刮起陣陣涼颼颼的寒風冷意。這時，我會變得根本不想說話，不愛說話，更不想和人搭理，僅一個人默默躲進封閉的空間，承受來自不明所以的情緒變幻。

塵封到一個人的靈魂世界，一種莫名的憂傷，不斷襲擊過來，使我全身顫抖不已，同時間一併因襲過來的孤獨感，黑壓壓一片，如魔魅侵入我的身體。

有時我感到貼在身上所有的衣物，讓我產生極不舒服的感覺，有時又感到冷冽似針，一直刺入心窩；這種來自不明世界的心靈病毒，一旦猛烈吞噬我的靈魂，我的沉默與隱藏內心深處的焦慮，即叫我坐立難安，甚麼事都做不得，這裡走動一下，那裡走動一下，失神般茫然無著。

緩緩走進淋浴間，扒光身上所有累贅的衣服，把身體浸在熱水中，把腳浸入熱水中，透過水霧騰騰的熱氣，我的腳丫像山上枯萎了的槁木，浮出水面如雲海中的五指山，明顯的在浴缸裡透出危機警訊，我坐起身來，看了看全身各部器官，我害怕所有被靈魂傷害的感官，全走樣成爲一塊塊醜陋的槁木。

這不該是我的幻覺，我的靈魂眞的生病了，生病的靈魂逢到春雨絲絲飄落，便容易焦躁起來，排除藥物療治，我唯一能做的即是把靈魂從狹小的心靈空間，移到沐浴室，用熱氣和熱水滌盡所有苦難。

這絕非正確而有效益療治靈魂失神的妙方，當憂鬱的靈魂在我身體內部發生變化，它所促成的巨大殺傷力，簡直像個有組織的暗殺集團，那有秩序的攻略戰術，深及我全身精神和無助的器官，使我神魂散盡；它不是一隻病毒、二隻病毒或十隻病毒，它是成群的靈魂魑魅，用完全的吞噬力量，將我整個人活活嚥下，所以，我想到對付它的療治妙方，或許只能選擇反撲。

如何反撲？這種被憂思的靈魂催生的病毒，我如何反擊？

原來，我厭倦的是都市裡的春雨，山中春雨可不是如此令人難受，山上的春雨美到讚譽都來不及了，何能與都市相提並論；春到的季節，我何如長住山中，或能滌去些許靈魂的不快，我必須讓這個因思維，因憂慮而燃起的病魔成爲灰燼塵土。

然而，我以爲捨棄都市的混雜，逃離到山上，所有的靈魂世界，即刻清明起來，輕快起來，印度聖哲沙迪亞・賽巴巴卻說了，祂道：「離卻不是指拋棄一切跑到森林裡去，它眞正的意思是，在你的生命歷程中，不論哪一個階段，哪種情況，你都能泰然自若。在領悟到事物精微本質的同時，捨棄對它們外表的愛戀，它指的是運用你那愼思明辨的能力，做妥善的選擇。你應該盡一切努力，讓自己能看到每一件事物中的神聖而去享受它們。這才是眞正的離卻，才是堂堂正正的人所應有的風範。」

一定是我的幻覺持續著，一定是我靈魂世界積壓過多欲意、我執、嗔怒、悲哀和焦躁，我讓堆積過多、過重的靈魂不勝負荷，才會日積月累往下沉落，久來自然成爲積鬱不堪的心靈重症，除此之外，我想過度封閉自己成孤僻性格，更是一大緣由。

我原可以成爲一尾潛藏水底，自在又悠遊的魚兒呀！但早熟的憂傷靈魂卻讓我沉淪到，必須用心靈自我療治受傷的靈魂；有人問我，還會害怕春雨嗎？雨水唷！我的主人，我有必要因爲恐懼靈魂受傷，而害怕你春到即翩翩飄來的溫柔圓滿嗎？

趕這一季春雨還未落完前，我要到青蛙石民宿找香兒飲酒，找和我心情一樣沉悶的香兒飲春雨飄送過來的冰涼，然後問他：香兒，你有憂鬱症嗎？

早熟的憂傷靈魂

自我犧牲與自我救贖，
只為生命之美。

早熟的憂傷靈魂

雙魚啟示錄：自我犧牲與自我救贖，只為生命之美。

飽受無數生命波濤與是非流言折騰，不由得讓我像個孩童般成天哭喪著臉，表露出一副喪家之犬的無助模樣，殘存在臉上的寡歡傷痕與悲涼心情，叫我爲醜陋的人性感到絕望。不止一次告誡自己：人都是這樣的，沒甚麼好難過。

話雖這麼說，但波折與流言這兩個相互產生連坐因果的問題，始終令我苦不堪言，是我意志不夠堅定吧！可畏的人言在無知的語言行爲下，的確容易折磨心靈遭受挫傷，不管我對這些責難相信或不信，我掛心耽意自己能不能從這些無稽與非眞實的狀態中逃離出來，然後誠實面對自己。

即使我明白，人生是短暫而渺茫的，我仍抱持隨時重新出發的心情，告訴自己：人言可畏這句陳舊諺語已然流傳久矣，它不再是個新鮮話題。《小王子》一書中，狐狸不就跟小王子說過一句發人深省的哲理嗎？牠說：「語言是一切錯誤的開始。」那麼，我是否還掛意人們因爲語言而帶給他人傷害？或者，我仍舊在意人們喜歡聽流言、傳流言這種司空見慣的行爲？

悠悠衆口我無能防堵，堵我的心不受流言侵蝕總可以吧！

道理總歸道理，我相信我的心仍不時在意這些大小事，這即喻指我說過，我有一顆早熟的憂傷靈魂的主要原因；說不去在乎流言，的確有點假，說完全在乎，一樣有點假，我正學習從在意與不在意間，解套跳脫出自我判別能力，「所謂惡魔性的東西都是從人當中產生的，並且超越人，驅使人走向無限的不安定。」身處混沌，我是不是能夠把這些不好剔除的無限不安定，從心神或靈魂之中移除？同時假設自己確實擁有定性念力，不去解釋或遏阻那些不眞實的胡言亂語？

早熟的憂傷靈魂，讓我擁住一份高等的自性，使我比別人多了點對生命的優越感，但我卻不把注意力放在這上頭，這份來自對生命迷惑而產生的相對優越心態，一直存留在我靈魂底層，我不肯輕意拿它出來做爲我意識上的有力武器，是因爲不需要刻意拿它出來，它自然會從我應世哲學裡流露出來，隨時成爲我最特別的一部分，並且使我很快沉醉在其中。

像這樣的沉醉概念，絕非世俗所稱自得意滿或自以爲是，美麗的優越感讓我比他人能更早一步潛進靈魂底層，感受生命的深度和厚度，卻也同時給我帶來密集感傷；也就是說，當我的靈魂啓動著因爲憂傷而產生的感性思維，以及被認爲是荒唐的濫情主張，其實也正是我海闊天空的想法。我能夠讓靈魂在天際遨遊時，跳躍出許多不可思議的生命情境，這些看來非理性的情境，恰巧可以拿它來裝塡生命中不完滿或不完美的部分。

我並不認爲生命是必須在合理或不合理的陳腔濫調之間，尋找意義，也就因爲人生有著太多的不合理，生活有著過多的不合情，生命才愈加顯出它光耀與好玩的多面。

我這樣說，一定有人會認爲我這種因優越感而產生的光耀說詞，純粹是拿它爲假相的生命粉飾罷了，無足特色；一定也有人會說，早熟的憂傷靈魂不過是一種錯亂意識，拿這樣的意識看待生命，只能算是胡亂臆斷。

我對生命本來即不抱持嚴肅態度，我的心情會經常性感到不安和不確定，便是起因於早熟的憂傷靈魂給了我易於分歧的錯亂情緒，所以我必須從獨特的優越感之中甦醒過來，而這能夠甦醒過來的部分，即是眞摯存活的意識；那些不願甦醒過來的部分，最後淪爲沉醉，沉醉造就我的優越現象，讓我構成許多具創意性的思維。

我不認爲自己有必要從理智中完全甦醒過來，一意孤行的心智，在救贖靈魂甦醒起來的過程，我常被生存的意識型態絆倒，沉醉性的生命態度反而更能成全我的樣貌，以及我自認最適宜的存在方式；失去這種樣貌，我即不再是自己，我也不想要這樣的自我，所以，充其一生滾浪江湖而致顚顚簸簸，我仍喜歡自己安於處在這種具有創造性的沉醉意念中。

我需要救贖這種具有潔癖的自我特質嗎？或者該這麼說，我要如何救贖早熟的憂傷靈魂帶來的優越感，以及因爲優越感而發生的幸抑或不幸？

沉溺迷離美

面對真實的人世吧！
表象美貌究竟只是一時罷了！

沉溺迷離美

雙魚啟示錄：面對真實的人世吧！表象美貌究竟只是一時罷了！

果然，從我曾經如此深刻愛戀的F和S這兩個人身上，我發現我不過是沉溺在這兩人的美貌表象，或者說是美貌底下我不易看清楚的性格百相，所延伸的神祕狀態，我因爲堅持對美的態度，致使自己經常受限在迷茫與迷離之間，而我始終偏愛這種迷茫與迷離拈來的迷濛感覺，坦白說，也即是因爲執迷這種朦朧美的緣故，造成我不安定的心，時刻自我糾纏。

與其說我善變，還不如說我容易在感覺多變的方程式裡，衍生出性格善於思慮的多面，對美的迷濛感覺，便如此多慮與多思，使我自然形成一種觀念特質，這種違反常理的觀念，其實又與道德無絕對關聯，它是我差異性的好奇心引起的自我欺瞞。

我欺瞞自己對於尋索美色的行爲，甚至凌駕於對敏銳感覺所產生的實質面，在自我欺瞞的過程中，我常會情不自禁把醜陋的現實誤解爲美麗幻覺，以致於不僅喪失掉先天擁有的敏銳感覺，所能給予最直接的判別能力，同時更不得不墜落到，不停地用僞裝心理自我解嘲的莫奈裡；像這樣有意擲棄敏銳感覺呈現的優勢，寧爲心中那一份對迷濛之美的執拗而矇蔽自我的偏頗意識，明顯地促使我處於長期無法快樂起來的窘態。

這便是讓我不斷厭倦起自己的主要原因，爲甚麼我執意不肯運用具有敏銳特質的感覺，理性過活？爲甚麼我偏愛用虛無對待自己？這縹緲虛無，早把我帶到一個只能憧憬卻毫無眞實可言的空洞世界，使我身心在重重壓力下，顯得如此欲振乏力，然後心裡依舊固執對美的嚮往。不同時間喜歡上F和S這兩個人，除了只是美這個極抽象的意念蠢動使然之外，尋求靈魂相契也是主要緣由，雖然在下意識裡我明白這種僅只表象的精神依附，純粹因襲著我那多變的好奇感覺，或者也可以這樣明講，那種來自美貌所透露的精神意象，是我生命中欠缺的部分，同時也是我喜歡的部分。

我的生命長期禁錮在自我壓抑的矛盾中，連吐納愛戀情意都感受得到充滿不可思議的悶氣，這種沉悶氣壓，就算自己，我也感到萬分厭惡，根本遑論別人會當它如與世隔絕久矣的污穢之氣看待了；喜歡這兩個人，我既想把不可能確定的情感分離，卻又讓心時時與感覺相繫相依。事實正是如此不無遺憾，我果眞迎面遭受那不可能確定的情感，毫不留情的重擊；驚詫失掉感覺，我又如何讓自己從絕望的下意識裡甦醒過來？

一旦認眞思考，我發現實際上的我，非常不想叫自己從這種沉迷愛戀的感覺之中醒過來，或者走出來，就算心底尚有一丁點知覺，我依然甘願讓自己活在這種看似不眞實，卻充滿可期待的感動裡。

如若眞要我從其中走出，除非我對感覺已經到了絕望地步，也就是心死。

F和S這兩個人的長相，都屬於極易讓我動心動容的樣貌，這種本即無法明示動心究竟爲何的心理現象，巧爲我喜歡的典型，如果要我對美色的需求排除掉以精神做依據，那即意味著我其實是用一種通俗眼光，看待這種意涵著使人唾棄的不正確思維；尤其這兩人從各自眼神流露出來，那股懾人魂魄的晶瑩明燦模樣，都寫意般傳達出美貌質地，最淳厚的一面，讓我心醉不已。

我不想再欺瞞自己對於美色欲求的顧念，由於這種對心中美的確定，以及倖由內在的自我審視，使我不必再假裝自己究竟是戀著情慾，或只是愛上形而上的柏拉圖式抽象愛情？

這兩者之間的差異實難明確分野，僅能強調，我在美的覓尋動作裡，的確在乎精神凌越情慾，我喜歡似有若無之間揮灑出來的魅惑意象。

F和S是不是會與我有著同樣想法，沒問過，甚且不必問，喜歡美帶給我生命躍動與消退之間的變化神往，是我的欲求方式之一，我不推諉自己在這樣的過程中，也同時喜歡上憂傷這個會使人發病的東西，就像喜歡F和S一樣，我蓄意選擇把眞實幻想化，把可能的假相虛擬成一種連這兩個人都不清楚的朦朧；唯其如此，激賞這兩人桀驁的迷離美，相信才可能留存在我心裡面久一點，多一些。

不管這是不是牽扯到愛戀範疇，我仍然一再瞞騙自己；不過，我的確意識到我喜歡沉溺在這樣的模式裡。

櫻花雨

解放死亡的美麗與哀愁，
美若櫻花雨飄瀟。

櫻花雨

雙魚啟示錄：解放死亡的美麗與哀愁，美若櫻花雨飄瀟。

春天不經意從我打開窗戶的剎那間，從屋外溜進來；座落在崖壁旁的青蛙石民宿，四周鳥鳴吱喳不已，和暖的清風陣陣吹拂過來，使我不禁放眼看這民宿外，綠意盎然傳送而來的春日美景；香兒栽植的庭前花，紛紅駭綠鋪展眼前，再望向前去，對山岩壁上的樹群，在春風搖曳下，發出沙沙飄逸聲，聲聲擊落這晚來的春日景致，一片舒緩。

我想到種植在錦屏國小校園裡的櫻樹，這時也該花開滿樹了吧！我輕嘆自從春天的訊息傳到我耳裡當兒，便念著這棵我種植了三十四年的櫻樹，爲甚麼遲不開花，都幾月天了，再不開花，等到夏季一來，櫻樹才悠然花開，豈不了無深情意味。

我伺機接近這棵我親手栽種的櫻樹，靜心等待它紛紅的蕊心在一夕間，花色爭鳴盛放，就像相待我的愛戀情懷那樣，總是在有意無意、有愛無愛間以不等之等戀著或期盼著；這分明是我在過度預期等待後的情傷裡得到的教訓，我在心中殘存的，對於愛情的態度正和我等待櫻樹開花的心情一樣，始終隱晦不明，是我不想清明吧！清明的等待似乎更容易遭到無情襲擊，而我已經不想再次遭受這種精神受襲的蹂躪，我在承受對於愛情帶來眞僞的不明裡，顯然疲累倦怠。

這如同我不想問阿興或巴度，我那棵種在校園裡的櫻樹究竟開花了沒？期盼落空，我再也經不起如此沉重撞擊。

不過，我內心確曾急急迫切想探知，爲甚麼今年春風早在許久以前，便來到我住的民宿造訪，這遲不開花的櫻樹是不是和我嘔氣玩心機，明知我等待花來賞心儀，卻偏偏每次煩惱場空，叫我白相思。

這天一早，阿興打來手機，要我到校園看櫻花，還說，整個部落的櫻樹全開花了，三部落一叢，二部落一叢，就連對山的五部落也開滿一株株亮眼的粉紅櫻花。

我雖然比任何人都想見到今年部落裡盛放的山櫻花，但還是以輕鬆心情等待阿興開車過來民宿接我上去；埋入我心底的喜悅，那種如期盼愛情而愛情終於姍姍遲來的喜悅，開始從我靈魂竄出，延燒我整個滿滿的思念。

我終究再一次見到校園裡這一棵櫻樹開花了。

越來越走回到二十歲時的情景了，那確實是一個充滿夢幻、青春而稚氣滿懷的春天，美麗的春天和迷人的青春一樣，充滿不斷擴張的躍動生命，我由衷感念這種象徵希望與明燦的躍動可以一直持續下去，我日夜盼望的夢想終於再次出現，留存我心中的躍動聲，果然持續到三十多年後的今天，我依舊能夠站在這棵我親手種植的櫻樹下，見它花生華光，看它一朵朵從枝椏裡冒出來的粉紅花，在日光中彰顯無限春青氣息。

多少年了，我的時間耗盡在庸碌的生活裡，多少回了，我的歲月掉落到追逐的虛空中，可是對這棵櫻樹所表徵的我的青春，卻明晰支配我這一生的想望，設若我確實受到宿命無盡的掌控，那麼我期待的這棵櫻樹便早已支配我的命運，就如當三十四年前踏進這所學校的第一步時，命運已然支配著我跟這裡或這裡的人，無法割捨的親密關係。

這棵櫻樹是我的青春，我璀璨的青春歲月埋在這裡。

我努力避開歲月在我身上留下的晦暗記憶以及令我苦惱的春風，可是這無能抗拒的春風，不停地從校園遊樂場的方向吹來，吹落花瓣片片如飄散不去的櫻花雨，雨絲似虹，映入春陽光織的搖曳中，落爲一地凋萎青春。

花開花謝，何須理由，那羅部落三月的櫻瓣，爲了我快哭的淚眼，飄落成一地飛揚的雨花，是櫻花雨唷，我閉上淚垂的雙眼，聽那雨花姍姍落地無聲，這凋零的花瓣正青春，我卻依稀看見青春在無聲之中死亡，乾淨俐落的自然死去。

這是不是意味著我對死亡的心情？我的青春一如這棵飄落青春花瓣的櫻樹，早早埋葬其中，青春凋萎之後的櫻樹，這棵年年開著青春花瓣，年年凋敝青春的櫻樹呀！死亡隱含在我不忍見著的青春花落，櫻花雨唷，飄起來。

我站在我的櫻花樹下，櫻花雨淋我一身美麗的青春死亡唷！

【附錄】

來自櫻谷的跫音

——陳銘磻的尖石情

六月（作家）

如果一個作家對地方的「愛」，可以他爲文的字數衡量的話，我想新竹市長林政則對新竹市出身的陳銘磻的寫作將更加吃味了。

林市長在獲知陳銘磻寫了一本《竹塹風之戀》後，特別召見他嘉許一番，但同時也帶點「吃味」的口氣說，阿磻似乎更愛新竹縣一些。因爲除了《尖石櫻花落》外，他還多寫了《五峰清泉夢》以及以新竹縣爲觀點的旅行文學《新竹風華》，後來阿磻又一口氣連出了兩本有關尖石鄉的書《櫻花夢》與《尖石夢部落》，可想見，看在林市長眼裡，阿磻簡直「背叛」新竹市到極點了。

雙魚座浪漫多情善良到「無可救藥」的特性，在陳銘磻身上格外明顯，他很容易愛上某些地方，與愛上的地方大談戀愛，他愛他新竹石坊里的老家、愛五峰鄉不在話下，他也很喜歡年輕時父親曾帶他去過的日本，長大後很怕搭飛機的他倒常往日本跑，他到伊豆，到沖繩做深度旅遊，愛戀當地的風物民情，然後寫下《伊豆夏日某天》、《夢浮伊豆》及《沖繩星砂戀》三本旅遊文學書，做為愛的見證。

在台灣，可顯見的，他把他最關愛的眼神給了新竹尖石鄉。他愛戀尖石鄉幾可說到了神不守舍的地步。他曾不打自招的說，在竹北犁頭山當兵站衛兵的時候，常心不在焉，手上的槍口對著前頭，眼睛卻不時斜斜飄向他當兵前教書待過的尖石鄉方位，想念著那裡花開正艷的櫻花，想念著那裡良善的部落居民，想念著他那些可愛又頑皮的學生，想著想著，有時嘴角還會不自覺的盪出笑紋來。幸好那是三十多年前的事，已過了「追訴」年限，否則軍方或可判他關一百天禁閉！

他就是如此一個感情用事幾乎到了無可救藥地步的「雙魚人」。

有些人就算畢其一生都住在同一個地方，也不一定能寫出幾行對故鄉懷想的文字，在尖石鄉「只」待了近二年的陳銘磻，卻一口氣寫了數本有關尖石鄉的書，或許還意猶未盡呢！主要是他對尖石用情太深了，在他的胸臆中藏著說不完的尖石情事，他不免自問：「究竟是什麼力量牽引著我，從一九七〇年八月盛夏，便開始和尖石鄉的那羅部落發生臍帶難離的親密關係？不過年餘的山地教師生涯，卻讓我三十多年來，止不住眷戀的心，時刻念著部落裡雲來飄飄，霧起瀟瀟的自在歲月，甚而拿它當生命的故鄉看待。」

這個問題，作家吳念眞似乎爲他找到答案—是「因緣」。作家說：「一個城鎮生長的文藝表年，會到偏遠的山區教書，在該四處衝撞的年紀裡先領受寂寞，領受一種靜觀之下的感動。那不是選擇，是因緣。」這使我想到大陸作家李銳，在荒謬瘋狂的文革時期，他以「知青」之年，從山西省太原市下放到窮鄉僻壤呂梁山向農民學習，熬過那段艱苦的歲月後，他寫下了膾炙人口的《厚土》，把呂梁山那些世代只知面朝黃土背朝天的宿命農民的生命力形諸文字，藉作家之筆廣爲天下知，如在太平盛世，作家的行腳是否會漂流到那個人謂「鳥不生蛋」的偏遠荒村，實在很難說，而在那個人人身不由己的年代，作家因「下放」到了呂梁山，無意間爲呂梁山留下了「文獻」，對呂梁山，或對作家本人來說，這都是一種因緣吧！而陳銘磻與尖石鄉那羅部落產生「臍帶難離的親密關係」，應該正如吳念眞說的，是因緣。我相信因緣說。

陳銘磻在尖石教了近二年的書，隨後被徵召入伍，接著闖蕩到台北都會區，離開那羅轉眼三十幾年，但那羅已深植在他當時年輕正盛的心田。三十多年來，仍止不住對那羅眷戀的心，他已無法算計回到那羅多少趟，他將思念化作一行行文字，早年即曾以〈最後一把番刀〉一文獲中國時報第一屆報導文學獎，接著又寫過「出草」等有關部落景況的報導文學、小說和散文作品。而這一年則是他把對尖石鄉的愛「宣洩」到極致的一年，一口氣寫下「尖石三書」。阿磻說《尖石夢部落》將是他寫尖石、寫泰雅的最後一本。吳念眞就有點不信，他在序中寫道：「最後一本，也許是當下的選擇，但誰又能知道因緣是否已了？一如，誰知道，當初來過，而選擇離開的這個文藝青年，竟會在多年之後以文字回歸他的心靈故鄉？別說最後，山林未老，流水未老，人亦未老。」

事實上，陳銘磻所寫的「尖石三書」，都是以不同角度來描繪尖石的美。《尖石櫻花落》側重在景觀的描寫，以文學筆調寫部落之美，並將泰雅族人在尖石鄉的歷史、地理、文明、農業發展、生態保育等在書裡附帶介紹，提供實用的旅遊資訊。這本書誕生的同時，尖石鄉在作家的襄助下，完成了令遊客流連的那羅溪畔「那羅花徑文學步道」，遊客在進入尖石鄉欣賞部落四季美、觀賞那羅溪不時閃現著銀光的鯝魚（苦花魚）之餘，也可細細品味花徑石碑上所刻的吳念眞、古蒙仁、林文義、劉克襄、蔡素芬、陳銘磻等文學作家為尖石鄉美麗景致所留下的眞情告白。尖石鄉長雲天寶說：「文學領航新的旅行意識，文學讓旅行擁有高度品味。」《尖石櫻花落》應能滿足旅人對尖石知性與感性的需求。

《櫻花夢》則寫作者在尖石鄉那羅部落教書生涯燦明的山林故事。作者在十八歲正是年少輕狂多夢年齡的時候，被派到崇山峻嶺的那羅部落教書，將近兩年的光陰，他把原該放置到熱鬧、瘋狂，年輕生活的場域，移植到一個叢林遍佈的山坳裡，教書之餘，使他有機會和一群泰雅族人共同相處，靜觀一齣齣生動的部落人生戲曲，自己還時而成了劇中人，這些都成了作家最佳的寫作素材。在作家筆下，就又成了一部是孤獨也是快活，是唯美更是騰翻生命的人性冒險傳說。

相對於前面兩本，《尖石夢部落》這本書則少了點文學味，比較像是在為尖石鄉寫歷史。它分幾項主題，如「山水景致」，有各部落的景觀介紹，不過著墨不多，只算是簡介；「文學散步」，記載著曾經到訪尖石鄉的知名作家，如朱炎、管管、小民、蓉子、羅門、陳若曦、張曉風、愛亞、謝鵬雄、吳念眞、李宜涯、封德屏、林煥彰、古蒙仁、丘秀芷、汪成華、蕭蕭、白靈、林文義等數十位與尖石結緣的故事；「人文影像」寫尖石人的酒鄉、料理，寫一群奮鬥有成的尖石人的小故事，如鄉長雲天寶、教父阿棟、泰雅媳婦賽夏校長趙淑芝、學術小巨人吳新生、田園詩人邱新發、解說員李德田等等；「歷史風情」則點出泰雅族的歷史、文化、漢化、演進、傳說、祭典、歌舞、宗教、生活等等。

詩人管管在這本書的序中寫著：「尖石的夢部落都寫在這一本記載落英繽紛的陳銘磻版的那羅桃花源記裡，你若不讀，你就進不了尖石那羅泰雅的桃花源，你進去了，就不想出來！」

的確，捧讀了阿磻的「尖石三書」後，我眞的作夢都想找個時間，好好到尖石鄉度個假，看那裡的櫻落櫻開，與部落居民共飲小米酒，到那羅溪看鯝魚閃現銀輝，還有看看能否在那羅溪畔也與「泰戈爾月色」有個美麗的邂逅。

國家圖書館出版品預行編目資料

遇見雙魚座的男人／陳銘磻著.
初版－－ 台北市：宇阿文化出版；
紅螞蟻圖書發行，2004〔民93〕
面　　公分，－－(繽紛悅讀；1)
ISBN 957-659-427-8 (平裝)

855　　93002562

繽紛悅讀 01
遇見雙魚座的男人
作　　者／陳銘磻
發 行 人／賴秀珍
榮譽總監／張錦基
總 編 輯／何南輝
文字編輯／林芊玲
美術編輯／林美琪
出　　版／宇阿文化出版有限公司
發　　行／紅螞蟻圖書有限公司
地　　址／台北市內湖區舊宗路二段121巷28號4F
郵撥帳號／1604621-1　紅螞蟻圖書有限公司
電　　話／(02)2795-3656（代表號）
傳　　眞／(02)2795-4100
登 記 證／局版北市業字第1446號
法律顧問／通律法律事務所　楊永成律師
印 刷 廠／鴻運彩色印刷有限公司
電　　話／(02)2985-8985・2989-5345
出版日期／2004年4月　第一版第一刷

定價 180 元

ISBN 957-659-427-8　　Printed in Taiwan